AF450065

PARADOR

HELENA ACOSTA

Título original: Torrijos Parador
© 2016 Helena Acosta
© Editado por ACOSTA ars
ISBN: 978-84-942511-5-3
Diseño de portada y maquetación: Nune Martínez
Correcciones: Silvia Barbeito.
Impreso por CreateSpace

Sobre la autora

Helena Acosta se autoproclama autora en la sombra.

Torrijos Parador es su segunda obra en solitario tras la publicación de *Manual 1 Kama Sutra en 24 pasos*.

Ha colaborado con algunos de sus cuentos en *Una Navidad con ACOSTA ars* y en Es tiempo de *Halloween* de la misma editorial.

A mis lectores, porque sin ellos no hay obra.

Nota al lector

Esta no es una obra histórica, pero sí está inspirada en ciertos personajes y hechos históricos de finales del siglo XVI en Toledo, España, que el autor ha usado libremente para crear este compendio de relatos.

Al final de los mismos verás que se hace referencia a algunos de estos personajes y la bibliografía que ha dado pie a crearlos.

El autor desea añadir que en aquella época la esperanza de vida era de unos cincuenta años y la de los pobres tenía muy poco valor, si es que tenía alguno siquiera. La formación era prácticamente nula si no era para aprender a trabajar y convertirse en mano de obra barata a muy temprana edad; con todo lo que aquello implicaba.

Con ello se quiere hacer también mención de que el protagonista principal de la obra, el Pequeño, un huérfano sacado de las calles, de unos doce años; trabaja a cambio de cobijo, pero recibe formación y cariño, cosa harto extraña en aquella época.

Por último, se advierte que las escenas sexuales comprendidas en esta obra se ajustan al siglo citado. Tengamos en cuenta que por entonces eran habituales los esponsales alrededor de los catorce años. El sexo u otras actividades que hoy tildamos de adultas eran rutinarias y por tanto los más jóvenes estaban expuestos a ellas. El autor confía en que el lector comprenda lo comentado a la hora de leer este compendio de relatos y disfrute de su lectura.

Índice

Presentación

El Pequeño

A quien nadie se le ha ocurrido poner nombre. Es un mozo pequeño y enjuto, un huérfano sacado de las calles, de unos doce años. Es recogido por la cocinera y el jardinero de Torrijos Parador, quienes le hacen un hueco en la carbonera. De cara a la hospedera es el vástago de los cocineros y como trabaja haciendo pequeñas encomiendas, pasa desapercibido para ella. Para el resto de los sirvientes de la casa es el cuentacuentos y siempre les lleva jugosas e interesantes historias a las cocinas donde todos se reúnen a escucharlo, no sin dar su opinión respecto a cualquier asunto que el zagal ponga sobre la mesa.

El cocinero

Hombre rudo y mal hablado. Blasfemo y ateo si podía alguien serlo en aquella época. Sí, él es todo eso, pero en el fondo de ese gran caparazón es también un bonachón y un cachondo y a pesar de no ser el padre biológico del Pequeño lo tiene en gran estima.

La cocinera

Doña Aurelia es la antítesis de su esposo, el cocinero. Debe de ser por lo de que los polos opuestos se atraen. Es mojigata y muy, muy piadosa. Cualquier cosa hace que se ruborice o se escandalice y empiece a soltar capones a diestro y siniestro. Ni que decir tiene que la mayoría de esos capones acaban ablandándole los sesos al Pequeño; y que siempre le tiene alguna cosa sabrosa escondida entre fogones o en la alacena.

Los mozos de cuadras

Curro y Diego son como un par de gemelos que ni comen ni dejan comer. Eso sí, todo parece que lo tengan que hacer juntos y donde no llega uno, llega el otro.

El señor de
Dos Muelas

Suite Gronda

Febrero de 1579

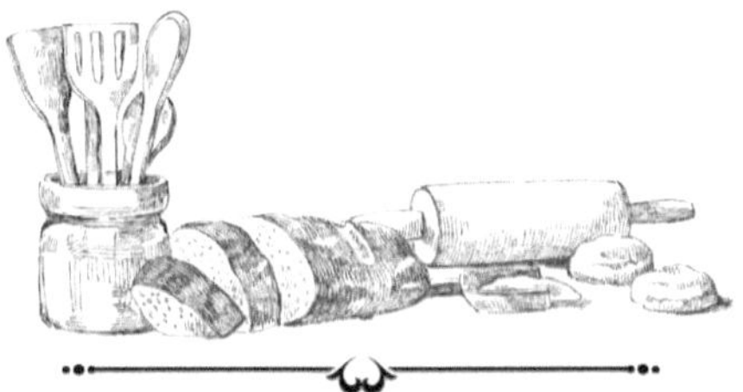

ORRÍAN los tiempos en los que ser un pobre diablo era sinónimo de ser esclavo. Esclavo de tu señor o del hambre, del frío o las enfermedades o de todo ello a la vez. Él, dentro de la desgracia, había ido a parar a las cocinas de Torrijos Parador. Tan pequeño, tan callado y enjuto que tan solo la hospedera se había fijado en él.

Allí, en un rincón de la carbonera, le apañaron un camastro entre la cocinera y el jardinero. Comió de lo que los huéspedes dejaban y las criadas llevaban de vuelta a las cocinas. Vistió con lo que los huéspedes olvidaban o la hospedera mandaba remendar y no tenía apaño. Y creció, el niño, milagrosamente, creció.

Tanto es así que llegó el día en que lo pusieron a trabajar y para la hospedera no era más que el estúpido y andrajoso vástago de los cocineros. Dos manos que trabajaban sin cobrar y por las que no se tenía ni que preocupar.

Andrajoso sí, pero ¿estúpido? De estúpido no tenía ni un pelo. Tantas habían sido sus penurias de bien chico que, aunque crecido, seguía siendo menudo y huesudo. Una pequeña sombra que se colaba por los rincones y corría los pasillos para luego sentarse a la mesa de la cocina y, para deleite de los allí presentes, contarles los devaneos y amoríos prohibidos de los nobles y señores ahí alojados, pues cuanto más noble, más señor y de más alta cuna, más sucio, más burdo y grotesco solía ser su comportamiento y más y mejor solía ser la historia que él solía llevar a la cocina.

—¿Qué nos traes hoy, Pequeño? —preguntó el cocinero.

A nadie se le había ocurrido ponerle nombre, así que todos lo llamaban Pequeño, y lo cierto era que a él no parecía importarle en absoluto.

—Sí, sí, siéntate junto a mí. Mira, mira qué tengo para ti. El señor de Dos Muelas estaba a reventar y me mandó tirar el estofado —dijo la cocinera.

—Mmmm, me lo voy a terminar todo y, mientras, de él, del señor de Dos Muelas, os voy a hablar —se regocijó el Pequeño.

—Eh, venid todos. Venid a la mesa a deleitaros con lo que nos va a contar el Pequeño —alentó la cocinera.

—Bueno, como ya sabéis, el señor de Dos Muelas se hospeda en la *suite* Oronda, ¿será por lo de que es orondo todo él? —empezó el zagal a la par que una de las mozas que se había plantado a escucharle comentó:

—Y ¿cómo es eso?

—Al señor de Dos Muelas le gusta del buen yantar y los buenos caldos gozar... — contestó el Pequeño.

—Sí, sí, y de alguna cosilla más y cuanto más tierna, mejor... —Ese, por supuesto, había sido el cocinero.

—Dejad hablar al Pequeño, haced el favor. —Esa era la cocinera.

—Sí, sí, venga, dejémosle contar su historia... —añadió la moza.

—Ayer por la mañana, el señor de Dos Muelas me mandó llamar, me entregó un pliego, me ordenó que lo llevara a la vicaría y que allí aguardara. Al rato de estar esperando, su señoría, el propio vicario, se aparece vestido de calle y me envía a las caballerizas a avisar a los mozos para que trajeran el carruaje que ya había mandado preparar. Y me dice que me monte al estribo para volver con él a Torrijos Parador. Menos mal que me dejó subir al estribo, porque ya me veía corriendo detrás como un descosido para no alejarme demasiado. ¡Es buena gente este vicario!

—¡Niño, un poco de respeto que es hombre de Iglesia! —Y dicho eso, menudo *collejón* le soltó la cocinera al pobre Pequeño.

—¡Dios, que se me han ablandado los sesos! ¡Jesús, qué hostia...! —se le escapó al pobre crío tras la colleja.

—¡Niñooo, que te he dicho que no blasfemes! —chilló la

mujer, dándole una nueva colleja al muchacho que casi lo tiró de la silla y de cabeza al suelo.

—¡Pero, hombre! Ya será menos, que lo vas a descoyuntar. Déjalo que siga contando —espetó el marido de la cocinera que, valga la redundancia, era el cocinero, al ver las hostias que le había soltado al zagal.

—Al llegar me manda anunciar su presencia, y acto seguido se reúne con el señor de Dos Muelas mientras yo vengo a cocinas a por un refrigerio para ambos. A la vuelta, me indica que les sirva, pero no me da permiso para retirarme, así que me quedo allí esperando. Ay, ilusos, se creen que hablando en latín no los voy a entender. Si ellos supieran...

—Calla, niño, calla, que si se enteran te pasan a garrote, que son capaces de decir que es cosa de brujas —conminó la cocinera, siempre preocupada por el bienestar del zagal por más capones que le diera.

—Sí, y encima nos quedamos sin historias. Déjalo hablar de una puñetera vez. —El cocinero se estaba impacientando e intentó acallar a su esposa.

—Pues eso, que el señor de Dos Muelas le recuerda al señor vicario su más que generosa aportación a la Santa Inquisición. Será por hacerse perdonar los placeres de la carne... —comentó el Pequeño.

—Será, será... —La cocinera no podía callar a pesar de la cara y palabras de su marido.

—Pero calla ya, mujer —soltó el cocinero, mirándola con cara de malas pulgas.

—Hablan de la Inmaculada Concepción, de la candidez, la castidad, la pureza... y la verdad es que yo ya me pierdo y no acabo de entender lo que pasa, pero me envían a por los útiles de escribir. Su señoría escribe una misiva, me dice que debo llevarla a la abadía, entregársela en mano a la abadesa y allí esperar respuesta y volverme con ella. Al salir, el señor de Dos Muelas me manda avisar a la hospedera de que su señoría se marcha y que tenga preparado su carruaje.

—¿Así qué fuiste a la abadía? ¿Y la respuesta? —Esta vez fue el cocinero quien interrumpió.

—¿La respuesta? La respuesta vino en forma de doncella.

No vestía los hábitos, pero iba de blanco toda ella. Era menuda, de pelo negro azabache y todo, aunque naciente, estaba pero que muy bien puesto. —Al decirlo, el Pequeño entornó los ojos y se pasó las manos a modo de cántaros frente al pecho.

—Ay, bribón, bribón. —Otra vez el cocinero.

—¿Sería novicia? —Esta vez fue el propio niño quien hacía la pregunta, a la cual contestó el cocinero.

—Pues claro, tonto del bote.

—La abadesa me ordenó volver a la hospedería y entregársela al señor de Dos muelas, así que nos vinimos pero, por mucho que lo intenté, no conseguí sacarle ni una palabra a la muchacha, que hizo el trayecto cabizbaja y en completo silencio —musitó el Pequeño, notándose en sus palabras la lástima que sentía por la joven.

—Pobre criatura, debía sentirse como animal condenado al matadero. —La cocinera, muy sentida ella, algo tenía qué decir.

El Pequeño continuaba relatando:

—Total, que cuando llegamos nos presentamos ante él y me ordena retirarme al fondo de la sala por si me necesita. Se levanta, ya que seguía donde estaba antes de yo marchar, y se dedica a girar muy despacio en torno a la muchacha mientras la observa detenidamente y se moja los labios con la lengua. No puedo evitar mirar hacia abajo, hacia sus calzones, donde un creciente abultamiento se va haciendo más que evidente.

—¡Menudo cabrón! ¡Sigue, sigue, Pequeño! —Vuelta a las palabras, intervino el cocinero.

—Ella, de pie y cabizbaja en medio de la sala, empieza a temblar ligeramente y él le pregunta: «¿Acaso tienes frío?». No hay respuesta. «¿Acaso tienes frío?», pregunta más alto. Un leve movimiento de cabeza, pero sigue sin abrir la boca y él de nuevo: «¿Acaso tienes frío, niña? Mírame cuando te hablo». La desdichada niña parece a punto de romper a llorar, pero hace lo que se le exige: levanta la cabeza y lo mira con ojos de gata asustada. Hermosos y grandes ojos azabache rodeados de largas y tupidas pestañas negras sobre ese rostro triste y angelical.

El Pequeño fue interrumpido por la cocinera a quien cualquier cosa que tuviera que ver con él la sorprendía.

—¡Que me coman los lobos! Que se nos ha enamorado

el zagal.

—Calla, que lo distraes y pierde el hilo... —El cocinero no quería perderse nada y mandó callar a su mujer.

—Sí, sí, que ahora seguro que viene lo bueno. Venga, sigue... —La moza también quería que continuara, así que se sumó al cocinero para acallar a la mujer de este.

—Pues eso, que su rostro... —empezó el niño.

—Vale, que sí, que ya sabemos que te gusta, pero al grano —ordenó el cocinero, impaciente ya.

—Nada, pues que le levanta el rostro, la mira y le dice socarrón: «¿Acaso se te ha comido la lengua el gato? Monseñor sostiene que eres muy lista y hábil, así que contesta cuando te hable. ¿Tienes frío?». «No, mi señor, no tengo frío», respondió ella. «Bien, puesto que es así, descúbrete un hombro para que pueda ver si estás sana y eres apta para la encomienda», dijo entonces el señor de Dos Muelas.

—¿Se ve si alguien está sano descubriéndole un hombro? —Fue la ingenua pregunta de la cocinera.

—La verdad es que no lo sé, pero lo que sí sé es que las calzas del señor de Dos Muelas se veían cada vez más abultadas y, Dios, hasta yo tenía un cosquilleo por allí abajo, un algo raro que no había sentido nunca y, al mirarme..., Jesús, aquello estaba tieso como un palo y amenazaba con salirse solo de mi calzón... —Eso dijo el Pequeño.

—Ya os decía yo que el zagal se nos ha enamorado —rio el cocinero.

—¿Enamorado? ¿No será más bien que ha descubierto lo que es ponerse cachondo? —Ese fue Curro, uno de los mozos de cuadra que, junto a su compañero, Diego, se había unido a la partida.

—Sí, seguro, pero esa es otra historia. Déjalo que siga...

—Ah, sí... ella se descubre el hombro, él la mira, vuelve a girar a su alrededor, se le planta delante y... «Me temo que no lo veo claro, tendrás que descubrirte el otro hombro para que pueda ver mejor si estás sana». La pobre parece un flan, tiene la cabeza gacha y los ojos cerrados, pero hace lo que le dicen. Dios, qué preciosidad, esa piel tan blanca y tersa y, y al bajarse el vestido se, se le, le ve el canalillo... —El Pequeño se había quedado como en una ensoñación.

—¡Eh, chico! Que te atascas… —volvió a chistar el cocinero.

—La muchacha levanta la vista y mira al señor de Dos Muelas que ahora está detrás de ella y… y se, se está tocando por encima del calzón, se mete la mano y se saca aquello, que se queda allí fuera, colgando, tieso como la mojama mientras se acerca a la joven y empieza a olisquearla. «Hmmm, hueles a limpio y a virtud», dijo… Se coge aquello y se lo menea con la mano al acercarse todavía más. «Sí, me parece que servirás para la encomienda». Se para tan, tan cerca de ella que aquello se le mete entre los pliegues del vestido y no parece importarle. Empieza a mover las caderas *pa'tras* y *pa'lante*, al compás, mientras sigue dándole al manubrio y a la vez le lame el cuello. Entre jadeo y jadeo, el señor de Dos Muelas le dice: «Sí, sí, me da que servirás para el trabajo», y yo allí, hipnotizado. No puedo dejar de mirar, y mirando, mirando, ella me mira a mí y en silencio empieza a sollozar —explicó el Pequeño, visualizando lo ocurrido como si estuviera ahora mismo en aquella estancia.

—¿Y? —Diego conminó a continuar al Pequeño.

—¡Shhhh! —Y Curro mandó callar a Diego.

—El señor de Dos Muelas se mueve más y más rápido, le muerde la nuca, se derrama y le espeta un «No, definitivamente no, no me sirves, mocosa llorona». Se gira, y recomponiéndose los calzones me manda llevarme eso de allí a la voz de «Devuélvela, no es ni tan lista ni tan hábil como sostiene monseñor… Además, está sucia y huele mal» —dijo el Pequeño agravando la voz para imitar la del señor de Dos Muelas.

—Será cerdo… —Era más de lo que la cocinera estaba dispuesta a escuchar sin emitir opinión alguna.

—Quizás, pero recuerda quién es y de lo que es capaz. —Su marido, el cocinero, siempre precavido, le recordó la actitud del señor de Dos Muelas y siguió con—: Así que a callar y olvidar, que de eso tenemos fama aquí en Torrijos Parador. Y venga, ¡arread, que hay mucho por hacer!

Hierros Gamos
La capilla
A la hoguera de 1579

_L_A condesa de Belmonte había sido relegada a un convento el mismísimo día en que había dado a luz. Su esposo la amaba tanto que no podía plantearse siquiera la posibilidad de que la llevaran ante la Santa Inquisición por adultera.

El mero hecho de haber dado a luz gemelos significaba eso para las gentes y las autoridades de la época. Don Carlos no sabía por qué su mujer había dado a luz dos retoños tan iguales que si no fuera por la diferencia de sexo parecerían un calco el uno del otro. Lo que sí sabía era que, salvo que hubiera sido una fuerza divina, eso era cosa de la madre naturaleza porque su Ana tenía ojos solo para él, igual que él los tenía solo para ella.

Vivían en unos tiempos donde en la nobleza no existían los matrimonios por amor, sin embargo, en su caso, a pesar de haber sido un enlace concertado, se habían enamorado nada más verse. Eran almas gemelas y vivían el uno para el otro.

A pesar de que la mayoría de las mujeres servían de florero o engendra hijos, en este caso don Carlos consultaba a doña Ana cualquier cosa que tuviera que ver con las tierras, la hacienda o el condado en sí. Doña Ana tuvo la suerte de nacer en una casa donde los libros estaban al alcance de todos y ella, siendo lo lista que era, no había desaprovechado ni una sola de las posibles ocasiones de aprender. Don Carlos, listo él a su vez, había visto todo el potencial de su esposa, y entre ambos habían hecho crecer su hacienda y multiplicado sus ingresos.

Pronto llegaron a su condado nuevos arrendatarios en busca de peonadas y algo que llevarse a la boca. Don Carlos los trataba como seres humanos y no mero ganado o sirvientes sin derecho siquiera a un mínimo de dignidad. Doña Ana enseñaba a las mujeres cómo debían tener su estancia limpia y cuidar a sus hijos para que crecieran más sanos. A los niños les enseñaba las letras y a los hombres les enseñaba de números. Don Carlos usaba esos nuevos conocimientos para que sus peones fueran más eficientes, vamos, que ya entonces funcionaba eso de «ganar, ganar». Su condado era como un país de maravilla. Bueno, lo era, lo fue hasta ese fatídico día en que doña Ana trajo al mundo a dos retoños a la vez.

A partir de ese día dejó de brillar el sol sobre el condado. Los arrendatarios habían aprendido bien y fueron capaces de tomar las riendas de las tierras mientras sus señores no estaban por la labor.

A las pocas horas de nacer, los gemelos fueron separados; la niña fue llevada junto a doña Ana a un convento y el niño quedó en la casa grande, a cargo de una nodriza. A fin de cuentas, era el primogénito y heredero, mientras que su hermana no era más que una niña.

A todo el mundo se le dijo que doña Ana, tras dar a luz a su hijo, nada de gemelos, había entrado en una fuerte depresión tras una masiva pérdida de sangre durante el parto. La habían enviado a un retiro al convento de las Clarisas.

La realidad era muy otra; era que, a diferencia de la época en que vivían, los condes siguieron amándose a pesar de su enorme secreto. Doña Ana permaneció en el convento el tiempo suficiente para amamantar a Clarisa, porque así llamaron a la niña. Tras ese período, la niña quedó a cargo de las monjas, y doña Ana, recuperada de su depresión, volvió a sus quehaceres en la casa grande y se hizo cargo personalmente de la educación de su hijo Mario.

Los años fueron pasando y doña Ana visitaba regularmente el convento para trabajar con la madre superiora y, por supuesto, su hija, quien obviamente no sabía que aquella buena mujer era, en realidad, su madre.

—¡Señor, señor, corra, venga, pero venga ya! —Ese, cómo no, era el Pequeño.

—¿Quieres hacer el favor de tranquilizarte y hablar despacio y con calma? —Y ese era don Leandro, con quien don Carlos estaba despachando en ese momento, y quien conminó al niño a que hablara más despacio porque no entendían nada de lo que estaba diciendo. Los hombres se habían quedado a tratar temas del condado del que también formaba parte la hospedería. Los condes querían poner a punto una gran fiesta por la mayoría de edad de su primogénito. Don Carlos determinaba los términos de uso de las distintas dependencias de la hospedería para los huéspedes de la realeza que iban a estar presentes para la ocasión. Doña Ana, junto a la gobernanta, se había acercado al río a poner a punto las pérgolas desde las cuales las mujeres verían a los hombres participar en las distintas justas preparadas para la fiesta.

—Señor, es que el caballo se ha encabritado, pues había una víbora en la hierba —explicó el Pequeño.

—Bueno, pero ¿le ha picado? —quiso saber don Leandro.

—No, no, no ha sido eso. Es que... —El zagal no sabía cómo decirlo.

—¿Se ha escapado? Tranquilo, todas nuestras monturas saben volver a casa. —Don Leandro no lo estaba poniendo fácil.

—¡No, no es eso! Es que la señora se ha caído y, y no vuelve en sí... —Al fin lo soltó el Pequeño.

—¿Cómo? ¿Qué dices, niño? Mi Ana, ¿dónde, dónde está? ¡Llévame con ella, presto! —Esta vez fue don Carlos el que contestó.

Ambos salieron a la carrera mientras don Leandro iba a por el médico. Había ido ese día a ver al senescal, que como siempre se quejaba de sus debilitadas piernas, pero, como siempre también, se emperraba en cebarse a su antojo lo que, por tanto, hacía cada vez más frecuentes los ataques de gota. El galeno, que aun siendo anciano seguía ejerciendo de médico, algo podría hacer en tal menester.

Don Carlos montó al niño tras de sí en la yegua que ya esperaba a las puertas de la hospedería y salieron al galope hacia donde el Pequeño había indicado. Al acercarse, don Carlos vio a un nutrido grupo de gente afanándose alrededor de quien debía ser su amada Ana. En cuanto pudo, saltó de la grupa y dejó que el niño llevara el caballo. Alguno de los presentes se percató de su presencia y le abrió paso. El hombre respiró al ver que su esposa había vuelto en sí. Estaba pálida como el blanco del papel, pero estaba despierta. La habían acomodado tan bien como habían podido a la espera de ayuda.

Al verlo, doña Ana estalló en sollozos y empezó a proferir una especie de galimatías del que don Carlos apenas entendió nada salvo «¿Y ahora qué? ¿Qué pasará con la fiesta? ¿Y mi pobre niño?...».

—¡Por Dios y la Virgen, mujer! Yo creyendo haberte perdido para siempre y tú preocupada por la condenada fiesta... —En eso estaban cuando llegó un carro con el galeno, don Leandro y la cocinera, quien obviamente no iba a perderse algo de tamaña envergadura.

El galeno se bajó y con ayuda de don Leandro se acercó a la accidentada.

—Mi señora, ¿estáis bien? ¿Sentís algún dolor? —Si no fuera porque era quien era, alguien le habría contestado que por supuesto que sentía dolor. Que si no, ¿para qué le habían mandado venir?

Pasados los primeros segundos de estupor, el hombre se puso al trabajo y pudo determinar que doña Ana tenía una luxación de cadera a consecuencia de la caída. Había que llevarla a la casa lo antes posible, inmovilizarle la pierna afectada y mantener a la mujer encamada como mínimo sesenta días.

A Ana, no teniendo bastante con el dolor que sentía, la sola idea de pensar en estar imposibilitada durante tanto tiempo, el no poder seguir organizando los festejos, no poder... No pudo con la presión y el dolor y se volvió a desmayar.

—No se preocupe, no pasa nada, don Carlos. De hecho, casi es mejor así. De esta forma no sentirá tanto dolor mientras la entablillamos, la subimos al carro y la llevamos a la casa. A ver, niño, avisa a los mozos para que estén prestos a nuestra llegada. Que preparen unas parihuelas de lienzo para llevar a la señora. —Y dirigiéndose a la cocinera añadió—: Adelántese y asegúrese de que la *suite* Magenta esté lista para la señora, está en la planta baja, es muy luminosa y pueden poner una cama supletoria para don Carlos, que de seguro querrá quedarse cerca de su esposa.

Todos se pusieron en marcha e hicieron lo que se les había encomendado. Tras el agobio vino la resignación y con ella cierta calma. Se acordó seguir con los festejos, ya que a doña Ana se la podía trasladar en baldaquín y así podría estar presente en todo lo que fuera de su agrado. En cuanto a los preparativos, don Carlos mandó llamar a la joven novicia de las Clarisas que solía ayudar a la señora en el convento. Ella sería su asistente personal y haría lo que doña Ana no pudiera. Se encargaría también de seguir con la tarea docente de la misma, así que le asignaron una alcoba en la casa grande e iba y venía entre esta y la hospedería.

El señorito Mario, fiel reflejo de sus padres, supo estar a la altura y respaldó a su padre allí donde no llegaba por estar con su amada esposa. Procuraba atender el día a día de la hacienda y los problemas menores de la casa grande. Muchos días se encontraban él y Clarisa a la hora de la cena y compartían sobremesa tras la misma.

Era extraño, pero parecía como si se hubieran conocido de toda la vida. A menudo, uno se anticipaba a las palabras del otro y sus opiniones eran muy similares. Pronto sintieron la necesidad de verse a diario. Se juntaban siempre para la cena y el desayuno y por poco que sus obligaciones se lo permitieran, también lo hacían para el almuerzo.

La verdad era que ambos eran jóvenes y apuestos. Hasta en eso se parecían, de profundos ojos oscuros como el azabache y melena intensamente negra, eran altos y esbeltos, agradables a la vista, y más de uno, si hubieran sido otros los tiempos, habría dicho que hacían una pareja perfecta. Sin embargo, visto eso, los tiempos, no era posible juntar a uno de alta cuna con una plebeya expósita proveniente de un convento, y tampoco estaban las cosas como para pensar en ello, que bastante tenían ambos con cumplir con las tareas encomendadas.

Doña Ana estaba confinada al lecho y parecía que su luz se apagaba por momentos. Don Carlos y el señorito Mario pensaron que era por hallarse fuera de casa y por no poder estar al frente de los preparativos de los festejos e intentaron mitigar la preocupación que suponía verla así. Los intensos dolores que padecía la mujer la mantenían en duermevela gran parte del día. En los momentos de lucidez se afanaba en despachar con Clarisa todo lo que estaba en sus manos adelantar desde el lecho. Mientras, don Carlos aprovechaba para atender sus obligaciones y, cuando no estaban con doña Ana, ni Clarisa, ni don Carlos, lo estaba el señorito Mario, en un intento de que con su presencia ella se viera reconfortada y se recuperara lo antes posible.

Pasaron las semanas, se fueron cerrando los preparativos y con la llegada de los ilustres invitados a los festejos, doña Ana pareció mejorar. Pronto se la pudo ver en su baldaquín a las puertas de la hospedería, dando la bienvenida a quienes llegaban para participar en tan ilustre evento.

Don Carlos y el señorito Mario se pudieron relajar y fue Clarisa la que se quedó a cargo de cualquier cosa que necesitara doña Ana, quien se emperró, a pesar de los consejos del galeno, en presidir los torneos de justas preparados para la ocasión. Le construyeron un artilugio entre baldaquín y silla/trono donde ella podía verlo todo y no parecer acostada como una enferma.

Volvía a ser la Ana de siempre, radiante, feliz y luminosa... Y por ende también eran felices todos los que tanto la querían. Doña Ana se ocupó de ver a las posibles candidatas a esposa para su adorado Mario. Se convirtió en una especie de celestina, por mucho que él no estuviera por la labor.

Ana las invitó a los festejos y se encargó de preparar toda clase de situaciones donde Mario pudiera estar a solas con las señoritas, pero nada de nada, que no. Como si la cosa no fuera con él, a todas las despachó. Eso sí, con buenas palabras y extrema cortesía, tal como se le había enseñado a comportarse.

Ante la angustiosa pregunta de su madre de por qué no quería desposarse, Mario no puedo evitar reír y le dijo que no era eso, que él sí quería hacerlo, pero que buscaba alguien como ella, como su madre: culta, inteligente e inconformista. No quería una mojigata, *portahijos* y *acataórdenes*, que viviera a la sombra de su esposo.

Doña Ana respiró tras tales palabras, pero no por mucho tiempo, porque no era de aquella época ni de aquellos lares educar a las muchachas, y sería harto difícil encontrar la horma del zapato para su hijo en ese lugar. Lo habló con don Carlos e iniciaron la búsqueda fuera de los reinos de España. Mandaron a llamar candidatas de otras partes de Europa, donde la oferta de mozas casaderas y cultas era mayor.

Doña Ana hizo de esa tarea obligación, dedicó horas y horas

a estudiar las familias nobles de Europa, a enviar misivas a todos sus contactos, a asegurar los costes económicos de dicha tarea para que no supusieran menoscabo alguno a la hacienda. Clarisa procuraba ayudarla en todo lo necesario para que estuviera un poco más relajada, pero tanto se obsesionó con ello que pronto lo que había sido mejorar volvió a ser empeorar y su salud fue mermando a pasos agigantados.

Don Carlos, al consultar al galeno, tuvo que aceptar que esta vez no era solo cuestión de no forzar el cuerpo. Doña Ana debía dejar descansar la mente, su recuperación debía pasar por estar tranquila, muy, muy tranquila. Desgraciadamente, eso era como meter en un establo a un potro salvaje y la señora empezó a tener temperatura por las tardes; por las mañanas despertaba con temblores y su pierna derecha la sentía como muerta.

Mario estaba tan asustado que aunque solo fuera por complacer a su madre le planteó lo mucho que lo había impresionado la doncella Isabel. De origen franco, hablaba cuatro idiomas; hija de una familia de ricos comerciantes y de noble cuna, había vivido en distintos países y sus intereses eran muchos y variados. Era increíble en todos los sentidos, en todos o casi. A decir verdad, era más fea que Picio; aunque la muchacha sí tenía pelo y no podía considerársela deforme, sí era realmente muy, muy fea, la pobre. Menos mal que la belleza se llevaba en el interior.

Doña Ana no lo acababa de entender, pero si era eso lo que él quería, que así fuera. Dio órdenes para que se prepararan los esponsales. Mandaron llamar a la doncella Isabel y asignaron a Clarisa a su servicio.

Todo parecía volver a su sitio. Todo excepto doña Ana, que conforme se acercaba la fecha de la boda se apagaba y poco a poco delegaba sus quehaceres en Clarisa, Isabel y Mario.

Tras la boda fue como si doña Ana hubiera cumplido con su tarea en la tierra y se dejó apagar. Llamó a su lecho a don Carlos y le pidió que cuidara de sus hijos, de su felicidad, de su bienestar y de la hacienda y todos sus habitantes. Solo una cosa le exigió, que jamás llegaran a saber el origen de Clarisa. Tal era su pena que don Carlos se lo prometió, y ella al oírlo dio su último suspiro y marchó, voló a formar parte de los ángeles, a cuidar de sus amores desde el Cielo.

Aquello que es el final de una cosa es el principio de otra y eso nos hace felices y tristes a la vez. Ese era el dicho, sin embargo, en la hacienda no todos lo veían así; don Carlos se dedicó en cuerpo y alma a sus tareas, aunque solo fuera por mantener la cordura. Entre Clarisa e Isabel asumieron la mayoría de las tareas de doña Ana, y Mario se encargó de los negocios en el exterior. De esa manera pasaba mucho tiempo fuera y la pena parecía menor.

Cuando volvía a casa procuraba cumplir con sus deberes maritales, y pronto Isabel llevó un retoño en sus entrañas. Pero era en Clarisa en quien buscaba refugio y encontraba algo de la paz que su madre solía darle. Pasaban horas conversando a la luz de los candelabros. Hablaban de todo y de nada, simplemente disfrutando de la compañía del otro.

A menudo se dormían frente al hogar, arrullados por el sonido de sus voces y el crepitar del fuego que siempre solía estar encendido, ya que en aquella zona las noches eran frías y húmedas.

Así transcurrían los días, hasta que una mañana en particular Clarisa despertó con una sensación extraña entre las piernas. Le dio la impresión de tener los muslos húmedos. Miró hacia donde solía dormir don Mario, y como este no estaba, se destapó. Ciertamente, estaba manchada, sin embargo no le tocaba, pero como las cosas eran tan extrañas esos días no le dio más importancia. Cogió agua calentita de la olla que siempre dejaban frente al hogar y fue a por unos paños, se desnudó, se limpió, se colocó unos para no ensuciar la ropa limpia y se volvió a vestir.

No pensó más en ello hasta que a media mañana, yendo a orinar, vio que estaba limpia. Era extraño, porque ella solía sangrar en abundancia pero las cosas del cuerpo a veces eran tan raras...

A la mañana siguiente, a vueltas con lo mismo. Otra vez estaba manchada. Repitió el ritual, pero a la tercera mañana al sentir lo mismo y mirarse, se fijó que esa vez el flujo era distinto. De hecho, no parecía flujo en absoluto sino más bien un líquido blanquecino y algo viscoso. Allí la muchacha empezó a asustarse, y si no fuera porque, aunque creyente, no era mojigata, hubiera dicho que era cosa del demonio. Se fue a la biblioteca, cogió varios volúmenes que se llevó de vuelta a la salita y empezó a leer con avidez. Descubrió que una manceba podía sangrar fuera del menstruo normal, que podía hacerlo al dejar de serlo. Descubrió cuáles eran los distintos líquidos que el cuerpo podía segregar y empezó a atar cabos.

La cosa, sin embargo, no cuadraba, porque ella no conocía varón. El único hombre con el que convivía era don Mario y eran como hermanos. Jamás se habían visto como otra cosa. No entendía lo que pasaba y no podía decirle nada a él, no fuera a pensarse que se había trastocado. Decidió, pues, permanecer despierta la noche siguiente. Se haría la dormida para que todo pareciera igual, pero estaría atenta a lo que pudiera pasar.

Y pasar, pasó, vaya si pasó. A eso de la medianoche empezó a oír ruidos y murmullos. Era don Mario que se incorporaba, se le acercaba y levantaba las mantas que la cubrían. Clarisa estaba estupefacta, pero quería saber, así que permaneció inmóvil y lo dejó hacer. Apenas sí abrió los ojos, pero entre eso y la penumbra del hogar pudo ver cómo este se bajaba los calzones y una vara dura y carnosa salía de entre ellos. A ella le levantó la camisola y Clarisa notó cómo algo se introducía en su ser. Era doloroso sin serlo, no necesariamente desagradable. La verdad era que no podía decir eso en absoluto. Empezó a notar cómo él pujaba dentro de ella, entraba y salía de forma rítmica y cada vez más veloz, y aquello que no era desagradable se convirtió en algo que le gustó. Le dio placer hasta el punto que cuando él se derramó en ella, Clarisa sintió por primera vez en su vida algo que jamás había vivido antes, una especie de electricidad por todo el cuerpo, un éxtasis que acabó explotando en su cabeza y su sexo.

Tras eso, Mario se incorporó, se recompuso, le bajó la camisola a ella, la tapó, se acostó en su sitio y siguió durmiendo.

Clarisa pensó largamente sobre ello, pero nada le dijo a él al día siguiente, a la espera de que fuera el primero en hablar. Intentó recordar si había habido algún cambio en la actitud de Mario y estuvo pendiente de si lo había durante ese día. Todo continuaba igual y él seguía con su comportamiento habitual. Así fue durante los próximos días y sus consiguientes noches. No pasó nada de nada.

Isabel, por su parte, se había convertido en aquello que él le había dicho a su madre que no buscaba en una mujer; una mera portadora de hijos. Lejos de importunarlo al margen de sus obligaciones en la hacienda, eso le permitía hacer más bien su antojo. Tenía su asignación mensual, sus amigos y sus viajes a la capital... En fin, que salvo para los encuentros conyugales que, dicho sea de paso, ambos disfrutaban, poco se veían.

Visto lo visto, Clarisa se relajó, se dedicó a sus obligaciones y acabó pensando que había dejado volar demasiado su imaginación.

Todo parecía ir bien en la hacienda hasta que la desgracia se volvió a cebar sobre el lugar y unas fiebres asolaron al condado, víctimas de las cuales perecieron, entre muchos, don Carlos y el pequeño Mario, primogénito del señorito.

Doña Isabel y la pequeña Ana, su segundo retoño, fueron enviadas a Francia junto a la familia de ella para alejarlas lo máximo posible de la plaga.

El señorito Mario, ahora don Mario, y Clarisa se quedaron al frente de la hacienda salvando lo que pudieron de la misma. Trabajaron de sol a sol para mantener los cultivos con los pocos hombres que quedaban en pie. Hasta las mujeres, que normalmente no salían al campo, lo hicieron entonces y con mucho esfuerzo y mucha dedicación consiguieron salvar la cosecha y prepararse para pasar el duro invierno.

Llegaron las lluvias y el frío, y las estrecheces del momento llevaron a encender una sola chimenea en la casa grande. Los fogones de la cocina se apagaron, la cocinera fue excusada y se le permitió quedarse en su casa a cuidar de los suyos, ya que ella también había perdido parte de su familia. Los fuegos de las alcobas permanecieron fríos y huérfanos. Se encendió el hogar de una pequeña sala de estar que hizo las veces de comedor, salón y cocina.

Allí Clarisa guisaba lo que hubiera para ese día. Habían pasado los tiempos de manjares y delicadezas, había que conformarse con lo poco que había dado la tierra, la caza y el pescado que se había obtenido durante el otoño y puesto en salazón para pasar el invierno.

No era que les importara mucho lo que hubiera en la olla, bastante tenían con la situación y el frío que hacía. Tanto, que Clarisa acabo quedándose a vivir en la salita. No subía a sus aposentos, que más que aposentos parecían estanques helados. Solía hacerse un ovillito frente al hogar, se envolvía en pieles de conejo y se dormía allí mismo. Don Mario, por una cuestión de decoro y decencia cristiana, se tragaba el frío y él sí subía a dormir a su alcoba no sin haber alimentado el fuego antes. Mas el frío y el cansancio le pasaron factura; pilló unas calenturas y empezó a toser como si fuera un perro ronco. Clarisa le prohibió entonces subir a dormir a su alcoba y le preparó un hueco frente al hogar a él también. Lo retuvo en la casa unos pocos días y a base de caldo y calor pronto se repuso, si bien se tuvo que quedar en la casa la mayor parte de los días, ya que las lluvias y el mal tiempo le impedían salir a cualquier lado.

Clarisa y él se entretenían leyendo, escribiendo y hablando. Ella preparaba cuadernos para, a la llegada de la primavera, poder seguir enseñando a los niños a escribir, sumar, geografía y todo aquello que se le pasara por la cabeza. Él, por su parte, ponía sobre papel la historia de su familia y por las noches se la leía a Clarisa, quien a veces le rectificaba o ampliaba cosas. Por la noches se estiraban ambos frente al hogar, se deseaban las buenas noches y dormían plácidamente hasta la mañana siguiente.

A pesar de no tener mucho que festejar, llegó la Navidad y Clarisa creyó conveniente ir a visitar a sus labriegos y peones, ver cómo estaban y se recuperaban de las duras circunstancias que habían vivido ese año. Don Mario le comentó que le parecía una locura, pero que si ese era su deseo, él la acompañaría. Prepararon la calesa y cargaron lo mínimo necesario para el viaje.

Fueron de casucha en casucha, vieron a todos aquellos que pudieron hasta la llegada del atardecer, en que se dirigieron a la hospedería donde pasarían la noche para seguir viaje al día siguiente.

También allí había golpeado la plaga y estaban bajo mínimos. Casi no quedaba personal y los pocos que quedaban poco menos que acampaban en las cocinas, donde el fuego permanecía encendido, sempiterno, y un hético puchero bullía siempre. No podían ofrecerles mucho, pero los señoritos siempre eran bienvenidos así que esa noche se reunieron todos al calor del hogar, disfrutaron de un simple estofado de conejo y de las historias que contaba doña Clarisa.

Para la ocasión enviaron al Pequeño a por leña y encendieron la chimenea en una de las salitas más pequeñas. Don Carlos y doña Clarisa se dispusieron a acampar allí, tal como lo hacían en la casa grande. El niño les llevó pieles y todo lo necesario para que estuvieran cómodos, les dio las buenas noches y se excusó.

Don Mario se giró, y antes de que el Pequeño saliera por la puerta comentó:

—Clarisa, ¿qué os parece si este galopín se queda a dormir con nos esta noche por si vos pudierais necesitar algo?

—¿Yo? ¿No será más bien que disfrutáis con la presencia del Pequeño y os gusta tenerlo cerca?

—Mi señora... —El Pequeño, que eso de los modales como que no lo llevaba demasiado bien y era absolutamente incapaz de mantener la boca cerrada, siguió—: No molestaré, me agazaparé a un lado...

Doña Clarisa, que también lo tenía en mucha estima, se hizo de rogar y:

—Bueno, pero ¿y sus quehaceres? ¿Qué dirá la cocinera?

—¡Por favor, por favor!...

Don Mario, que se había puesto detrás del niño, le revolvió la rizada cabellera y de un empujoncito lo envió de vuelta al interior de la sala.

Doña Clarisa le tendió algunas pieles y almohadones y le indicó que se colocara a un ladito del hogar. Al fin y al cabo, teniendo en cuenta la hora, nadie lo echaría en falta. Eso sí, le dijo:

—Te quedas, pero en cuanto surjan las primeras luces del día te incorporarás presto a tus tareas, que ya sabes cómo se las gasta la doña.

El niño, que estaba más que encantado, por una vez permaneció callado, se acostó y se hizo un ovillito allí donde le habían dicho.

Don Mario y doña Clarisa se miraron, sonrieron y a su vez se acostaron y se dispusieron a pasar una noche tranquila los tres juntos, allí, frente al hogar.

Para el Pequeño era una sensación harto extraña. Al no tener familia, no sabía cómo era eso, pero se sentía bien, realmente bien junto a ellos, así que se durmió enseguida. Don Mario y doña Clarisa hicieron lo propio, pues su día había sido agotador.

No supo exactamente qué, pero algo despertó al niño y fue eso lo que a la mañana siguiente, y una vez los señores se habían marchado, estaba explicando en la cocina:

—Mucha luz no había, quedaban los rescoldos del hogar

y yo no me atrevía a abrir demasiado los ojos por miedo a que me echaran, pero lo que vi lo vi muy claro.

—Venga, niño, no te hagas de rogar. —El cocinero, parco y bruto como él solo, tenía que decir algo.

—Pues eso, que lo vi muy claro, que don Mario se había levantado —soltó el zagal.

—¿Y para qué? —Esta vez la que interrumpía era la cocinera, no sin que su marido la mandara callar.

—Calla, mujer, déjalo hablar.

—Don Mario se había levantado. Bueno, él y el calzón que llevaba... —puntualizó el Pequeño.

—¿Levantado el calzón? ¿Cómo se levanta uno un calzón?... —La cocinera no entendía nada de nada.

—Calla, ¡hostia, calla, mujer! —Como sabemos, el cocinero no se andaba con chiquitas y la volvió a mandar callar a la par que golpeaba la mesa con el puño, no sin antes pensar en qué razón tenía ella. ¿Quién ha visto levantarse un calzón? Levantarse, levantarse, se levantaban otras cosas, más bien algo que se llevaba dentro del calzón, pero, vamos, que...

—Que no, que digo que el calzón que llevaba, que ya no lo llevaba, que se lo había bajado. Vamos, que a la luz de la lumbre lo que le veía eran las posaderas. —El Pequeño lo dijo de la forma más neutra posible.

—¡Virgen santísima, que también este se nos ha vuelto loco! —Todos sabemos ya lo mojigata que era la cocinera.

—¿Loco por qué? —El zagal no lo veía claro. Él se limitaba a decir lo que veía.

—¿Sabrás tú por qué se los bajó? —preguntó Curro.

—Pero ¿queréis callaros ya y dejar hablar al niño, que si no cerráis el pico no nos vamos a enterar de nada...? —Lo cierto era que si no achantaban la mui, tal como les conminaba el cocinero, no se iba a enterar nadie de lo que había sucedido.

—Bueno, pues de esta guisa, don Mario se planta delante de doña Clarisa y agachándose frente a ella quita las pieles que la cubren, le separa la saya, levanta los faldones y como potro aleccionado se coloca sobre ella fundiéndose en su interior. Se queda quieto, como acomodándose a ella, y esta, sobresaltada por el ultraje, parece incapaz de reaccionar y se está quieta como estatua de cera —relató el Pequeño.

—¡La madre que lo parió! —El cocinero, incapaz de mantener la lengua quieta, algo tenía que soltar—. ¡Joder, mujer! —La cocinera le había propinado un capón de mil pares de narices.

—¡Ni se te ocurra mentar a doña Ana en esos términos, que la pobre señora era una santa!

—Pero si no es eso... Si con ella no va nada. Solo es que yo pensaba que don Mario no era de esos. Creía que era formal y se debía a su esposa, como mandan los cánones. Igualito que lo hago yo —respondió, haciéndole un mohín a su esposa.

El Pequeño alzó las manos como queriendo acallar al cocinero con ello y siguió hablando:

—Pues como iba diciendo, y en respuesta a la infidelidad de don Mario, no sé yo si le es realmente infiel a doña Isabel.

—Pero vamos a ver, niño, ¿tú te has vuelto majareta de sopetón o qué? Si todos acabamos de oírte decir que estaba mancillando a doña Clarisa... —Curro se estaba impacientando.

—No, ya, sí, sí, si hacer, lo hacía y además, al terminar de acomodarse en su interior empezó a moverse y lo hizo con movimientos acompasados, cada vez más rápidos hasta que obviamente se corrió en su interior... —apuntó el zagal.

—¿Entonces, so idiota, cómo puedes decir que no es infiel? —La cocinera, que había vuelto a increpar al niño, no entendía nada, y su marido, que estaba empezando a hartarse de sus continuas interrupciones, le mandó callar de nuevo para que el Pequeño se pudiera explicar.

—Lo digo porque al terminar el hombre se recompuso los ropajes, los suyos y los de doña Clarisa. La volvió a tapar, se fue a su sitio, se acostó y a roncar como si nada hubiera sucedido. En modo alguno pareció querer entablar palabra con ella, o acariciarla como hacen los machos a las hembras. Esta mañana, cuando han amanecido, no han mentado nada ni se han mostrado distintos a la noche anterior. Es como si el episodio hubiera sido una ensoñación, como si no hubiera ocurrido realmente.

El cocinero, ni corto ni perezoso, soltó:

—Mira que los señores llegan a ser raros, pero raros, raros. ¡Pardiez! Que cuando mi mujer me toca, me descompongo, la cosa se pone tiesa como asta de toro y os aseguro que indiferente, lo que es indiferente, no me deja —mencionó el cocinero.

La pobre cocinera se estaba sulfurando.

—Haz el favor de cerrar el pico, marido, que si tu cacharro funciona o no, no es incumbencia de los presentes.

—Venga ya, será que nos dejáis dormir cuando te pones en plan jaca y aquí tu hombre se pone a semental —se mofó Curro.

Esta vez el capón se lo llevó el pobre mozo que había hablado. Bueno, la verdad fue que él se llevó uno, su marido otro y el resto del personal fue mandado a sus quehaceres a base de escobazos, no sin antes la cocinera haberse sonrojado como ascua incandescente mientras los demás se dispersaban, riendo a carcajadas.

El caso fue que, tras el episodio, el niño estuvo atento en días posteriores a cualquier señal de los señores, ya que entender, no entendía nada de lo que estaba pasando. Fue curioso, pero hasta él acabó pensando, al igual que doña Clarisa en su día, que quizás realmente no había pasado nada y él solo lo había soñado.

Ya, pero las cosas eran ciertamente distintas y después de cierto tiempo y de los señores volver a la casa grande, doña Clarisa se animó a contarle a don Mario lo que acontecía por las noches de tanto en tanto. Este, absolutamente perplejo por las palabras de ella, no daba crédito a lo que oía. Tenía muy clara la educación recibida, se tenía por un hombre cabal y por tanto se debía a las enseñanzas que le habían inculcado. O bien a Clarisa se le había ido del todo la cabeza o el que estaba realmente mal era él y no se había dado ni cuenta. En la vida se le pasaría por la cabeza profanar a mujer alguna y menos a Clarisa, que para él era como una hermana. Ahora, eso sí, que nadie se la tocara que si no, no respondía.

Clarisa lo miró y fue consciente de que no había mentira ni en sus ojos ni en sus gestos. Algo andaba muy, muy mal, y si no fuera por las evidencias físicas de los hechos, las poluciones y los pequeños morados en sus muslos, ella hubiera jurado que todo había sido un sueño, una fantasía. Una fantasía que mal que le pesara le estaba gustando, si no fuera por la reacción de Mario. Ella hubiera querido que él le dijera que sí, que lo hacía a conciencia. Hubiera querido entregarse a la lujuria, a los brazos del hombre del que estaba secretamente enamorada desde que tenía uso de razón. No era una erudita, pero sabido era su interés por las ciencias y la lectura y conocer el porqué de las cosas. Le propuso por tanto al atribulado Mario averiguar qué estaba pasando a la vez que volvería al convento a dormir con sus queridas monjitas para así evitar cualquier posibilidad de que se volvieran a dar los extraños sucesos.

Mario y ella se veían por tanto durante el día para organizar la jornada y llevar adelante la hacienda. Comían juntos, pero intentaban mantener una prudente distancia para no propiciar acontecimientos. Clarisa, acostumbrada ya a mantener la compostura y guardar para sí sus sentimientos, no notó gran diferencia, pero Mario sí, Mario tomó conciencia de lo mucho que quería a esa mujer, de cuánto la deseaba, y quería hacer real aquello que Clarisa le había contado.

Clarisa solía acudir a maitines en la capilla del convento, pero cuando necesita paz espiritual para tomar ciertas decisiones se refugiaba en la capilla de la casa grande.

Eso fue precisamente lo que hizo cuando llegó a sus oídos que pronto deberían decidir si sacrificar a su querida yegua, Galia, pues la jaca estaba coja; la edad y la artritis le producían fuertes dolores que hacían que el animal estuviera arisco y malhumorado.

Clarisa estaba en pleno debate interno, con las lágrimas cayéndole silenciosas por las mejillas, cuando la abrazaron dulcemente por detrás, acunándola y acariciándole el pelo a la vez que la giraban. El llanto se hizo sollozo y al entender quién la acunaba dio rienda suelta a todo su dolor, escondiendo el rostro en el fuerte torso del que la abrazaba. Mario añadió susurros de calma a sus caricias y la siguió acunando mientras ella lloraba.

Lejos quedaron las distancias, la fragancia de la una y el olor del uno cedieron a la pasión y el banco de la pequeña capilla se convirtió en lecho.

Al contrario que otras veces, ambos eran muy conscientes del momento. Mario empezó a depositar pequeños besos sobre la cabeza de Clarisa y fue ella quien la levantó para entregarle sus labios. Sus bocas se unieron y se fundieron en un tempestuoso abrazo.

Mucho tiempo habían soñado las manos de Clarisa con tocar ese cuerpo. Más aún la boca de Mario con alimentarse de los pechos de ella y de hundirse entre sus pliegues.

Clarisa estiró del jubón de él y lo levantó para anidar su cara en el pecho desnudo. Se limitó a llenarse de su olor mientras él se pasaba la ropa por la cabeza para quitársela. Entonces empezó a lamerlo y, al hacerlo, los pezones del macho se irguieron expectantes. Las manos de él tomaron posesión de las nalgas de Clarisa y la acercó hacia sí, sentándosela encima mientras ella seguía a lo suyo.

Poco pensaron que estaban en lugar santo. Sus pensamientos estaban más bien en algo mucho más terrenal, menos celestial, más impuro. Tanto es así, que la pasión del momento los llevó a quedarse en puros cueros, a mirarse detenidamente el uno al otro y fundirse por fin, allí mismo, sobre ese banco de la capilla, en un solo ser.

Era curioso cómo hasta en eso parecían conocerse desde siempre, el uno se anticipaba a los deseos del otro, y así, lo que al principio semejaba la búsqueda rápida y perentoria de placer se convirtió en un pausado y envolvente ejercicio de voluptuosidad compartida.

Clarisa, sentada a horcajadas encima y de frente a Mario, lo miraba con intensidad mientras él hacía lo propio y la levantaba de las nalgas para salir de su interior y que ella lo volviera a engullir, lenta, muy lentamente, hasta volver a quedar sentada sobre él, su palpitante falo de nuevo bien anidado dentro de ella. Clarisa se quedaba entonces quieta, muy quieta, disfrutando de los pequeños latigazos que sentía en su interior, de los movimientos testiculares que percibía en la vulva al soltar Mario las primeras gotas de lo que pronto sería un potente e incontrolable chorro eyaculatorio.

De esta forma, Clarisa alargaba el placer y, por qué no decirlo, la agonía por el orgasmo venidero. Sus prietos y turgentes senos se endurecieron si cabía aún más al sorber Mario sus pezones. Las paredes de su interior cerraron filas alrededor del falo de este, que al sentirse completamente aprisionado no pudo resistirlo más y arremetió en el interior de Clarisa hasta correrse.

Ambos lo hicieron a la vez. Todo en su interior se hizo

líquido. Clarisa lo recibió a ritmo frenético mientras él se vaciaba como nunca lo había hecho antes.

Tras el paroxismo permanecieron largo rato abrazados, hasta recostarse sobre el banco y, finalmente, sin pudor alguno, quedarse dormidos uno en brazos del otro, cubiertos tan solo por los pocos ropajes que Mario había recogido del suelo, a su lado.

Clarisa despertó, y lo hizo entre las sábanas de la que había sido su cama en la casa grande. Despertó para ver los amantes ojos de Mario posados sobre ella. El hombre vestía camisola, pero al verla despierta su erección se hizo más que evidente a través de la tela que lo cubría. Clarisa, que era casi monja, aprendía rápido, muy rápido, y echó mano a esa enorme y lustrosa verga, tersa y turgente, que empezó a menearse al compás de la mano que la acariciaba.

Mario se reclinó sobre la cama para disfrutar de lo que ella hacía y mientras en ello estaba, sus propias manos avanzaron sobre las sábanas para descubrir el cuerpo desnudo de Clarisa y luego tomar posesión de su pubis.

Ella se quedó congelada al sentir la intromisión en sus partes. Estuvo quieta hasta que Mario empezó a frotarle el clítoris arriba y abajo y ella volvió a su tarea, acompasada al ritmo que él infligía.

Tal era su dedicación que ninguno de los dos oyó la entrada de alguien a la vivienda. Era el Pequeño, que había sido enviado a la casa grande por si pasaba algo, ya que ese día don Mario debía acudir a una reunión y no lo había hecho. Al no ver ni oír a nadie, el zagal se aventuró por la casa por si veía algo. Y ver, ciertamente, vio y lo que vio así lo contó en cocinas:

—Estaban don Mario y doña Clarisa enfrascados el uno restregando las partes del otro mientras gemían y emitían toda clase de ruidos y gruñidos.

—Pero, a ver, niño, ¿qué me estás contando? —increpó la cocinera—. Si es que han crecido juntos, si son como hermanos...

El cocinero acalló a su mujer.

—¿No sería doña Ana y te has despistado con la impresión? —objetó el mozo de cuadras.

—Si doña Ana no ha vuelto, sigue en Toledo con los niños y...

El Pequeño no dejó acabar a la cocinera:

—Soy pequeño, pero hasta allí podíamos llegar, lelo y corto no; que si os digo que era doña Clarisa, es que era doña Clarisa y punto.

—Pero si no es posible, si doña Clarisa es casi novicia, si ella no puede saber de esas cosas... —La cocinera se hacía cruces con lo que le estaban contando.

—Ay, mujer, pero qué mojigata llegas a ser, si los poderes de la carne... —rio el cocinero.

—Bueno, bueno, ¿no ves cómo se está poniendo tu mujer? ¿Que no sabes ya que los poderes de la Iglesia para ella son sagrados? —Curro recriminaba divertido al cocinero, quien le contestó:

—Serán todo lo sagrados que tú quieras, pero si el niño ha visto lo que ha visto...

A lo que el Pequeño aprovechó para seguir:

—Y entré en la capilla y había ropas por el suelo y sobre un banco...

—Ay, que han profanado la casa del Señor. —La cocinera tuvo que sentarse del vahído que le estaba entrando. Su marido fue a por agua mientras conminaba al niño a que se callara y Curro venteaba a la mujer con el sombrero que se acababa de quitar.

—Pero si yo solo digo lo que veo, que no miento, que...

Colleja que te crio. Ese, claro está, fue el cocinero, que para terminar mandó al zagal a decirle a monseñor que don Mario estaba indispuesto y por ello no había podido acudir a la reunión. Le entregó el agua a su mujer e indicó a todos los presentes que volvieran a sus menesteres, que la fiesta se había acabado. Se sentó a su lado y esperó a que le volvieran los colores.

—¿Te das cuenta, marido? ¿Te das cuenta de que están en pecado, en pecado mortal? —tartamudeó la pobre mujer.

—¡Ahí va, tú también! ¡Pero mira que eres corta, piden una bula y san se acabó! ¡Será por dinero! Ahora, eso sí, mantén la boca cerrada, que en boca cerrada no entran moscas, que ya sabes cómo se las gasta monseñor y si se llega a enterar, aviados estamos. —La pobre mujer, que estaba algo recuperada, se santiguó y tras prometerle a su marido que se mantendría callada, fue directa a la capilla de la casa, a rezar tres Ave Marías por las almas de los descarriados.

En ese mismo momento pero en otra capilla, en la de la casa grande, pasaba algo ciertamente distinto. Clarisa y Mario eran conscientes de que estaban hechos el uno para el otro.

El cornudo complaciente
Suite Infante
Abril 1579

EL senescal don Jimeno y su bella esposa, doña Juana, eran huéspedes habituales del Parador. Cada vez que se lo permitían las obligaciones de la corte buscaban un refugio reparador entre sus cálidas paredes. Don Jimeno no gozaba precisamente de la mejor salud, su edad y su exceso de kilos no eran de mucha ayuda para sus ataques de gota y era esta la mejor de las excusas para su retiro al Parador. Sin embargo, doña Juana no estaba ni obesa ni enferma, todo lo contrario, era hermosa, joven y voluptuosa y, sobre todo, muy, muy fogosa.

El Pequeño siempre se había preguntado por qué una mujer tan hermosa y joven era esposa de tal engendro y esta vez, al saber que volverían a ser sus huéspedes, lo preguntó directamente en cocinas.

—Mira, Pequeño, los entresijos de la corte son complejos y sobre todo complicados y llevan a uniones como esta. Las mujeres no son más que mera moneda de cambio y si para el buen nombre de su familia un padre debe entregar a su hija en pos de una alianza, no dudará en hacerlo aun a sabiendas de que el futuro consorte de su hija pudiera tener edad como para ser su padre —explicó el cocinero, quien a pesar de ser un hombretón de parcos modales quería al niño.

El pobre Pequeño, que no tenía más educación que aquella que pudieron darle unos ignorantes sirvientes, entendió poco más que nada, pero tal como solía repetirle una y otra vez doña Aurelia, la cocinera, «Donde manda patrón, no manda marinero, así que a callar y acatar, mal que te pese y no lo entiendas», y el chico hizo exactamente eso, calló y no preguntó más. Le plantó un beso en la mejilla a doña Aurelia y volvió a sus quehaceres. En ello estaba cuando el mozo de cuadras dio aviso de que llegaban el senescal y su séquito. Al momento, todos dejaron lo que estaban haciendo para ir a la entrada de carruajes y recibir a los ilustres huéspedes tal como mandaban los cánones.

El Pequeño, al ser eso, pequeño, era el encargado de colocar el escabel al pie de los carruajes para que sus ocupantes pudieran apearse con mayor comodidad. Lejos de escaparse al momento para no ser visto por tan ilustres personalidades, se quedó agazapado al pie del taburete. No quería perderse oportunidad alguna de ver bajar a doña Juana. Si se estaba muy, muy quieto, nadie se percataría siquiera de que estaba allí y con un poco de suerte incluso podría llegar a verle las enaguas.

Dicho y hecho, llegó el carruaje, colocó el escabel, el mozo abrió la puerta, ayudó al senescal a apearse y tras él bajó doña Juana, quien no solo sí vio al Pequeño, sino que esbozó una sonrisa y lo miró de reojo al levantarse ligeramente las faldas y pisar el peldaño. Bueno, qué decir del Pequeño, su corazón latía desbocado y su cabeza empezó a urdir toda clase de planes para volver a estar cerca de ella. Como de todos era sabido, el senescal no solo sufría de gota, sino que su próstata agrandada al igual que todo él lo llevaba a tener que vaciar la vejiga con mucha más frecuencia de lo habitual, por lo que el niño se ofreció a vaciar su orinal cuantas veces fuera necesario. Así, estando cerca del hombre lo estaría también de doña Juana o, por lo menos, eso creía él.

En aquellos tiempos los esposos no descansaban juntos; dormían, pues, en alcobas diferentes y solo se juntaban para el acto amoroso que, claro está, debía evitarse, y según mandaba la doctrina cristiana era exclusivamente para procrear y no había que sentir placer durante el mismo.

Siendo senescal, don Jimeno debía dar ejemplo y por ello poco visitaba a doña Juana aunque, la verdad, tampoco existía demasiado peligro respecto a incumplir la doctrina. Hacía años ya que al buen hombre aquello no se le acababa de levantar. Eran muchos los galenos a los que había consultado pero los milagros no existen a pesar de que haberlos, haylos, y don Cipriano, adscrito a la corte, le había sugerido que gozase de los pequeños placeres de ver disfrutar a su esposa.

Tanto la amaba que nada podía negarle, así que una mañana a la hora nona le dio al Pequeño un despacho que el mozo de cuadras debía entregar a la puerta del penal de Toledo. Nada más pasó ese día, pero a la mañana siguiente, poco después de maitines, el senescal mandó llamar al Pequeño para que vaciara su orinal y, tras ello, lo devolviera a la antesala de los aposentos de doña Juana. Al niño le pareció harto extraño, pero ya se sabía: «Donde manda patrón, no manda marinero», y tal como se le había ordenado, devolvió el orinal donde se le había dicho. Estaba dispuesto a marchar cuando una voz le mandó quedarse allí, agazapado en una esquina por si se le necesitaba. Era el senescal, que allí, en la antesala, sentado en un butacón en la penumbra frente a las puertas abiertas de la alcoba de su esposa, parecía esperar algo.

El Pequeño, acostumbrado ya a las excentricidades de los señores, se agazapó tal como se le había dicho y se dispuso él también a esperar, ¿el qué? Eso no lo sabía, pero tampoco tenía demasiado que hacer y lo que sí debía hacer era aburrido y desagradable, así que no había otra excusa mejor que esa para no atenderlo. Las órdenes del senescal eran sagradas y siempre pasaban por delante de cualquier otra cosa.

Al rato, cuando ya empezaba a sentir calambres en las piernas y el senescal había caído en un sopor tal que sus ronquidos eran más que sonoros, aparecieron las doncellas de doña Juana. El Pequeño se incorporó procurando no hacer ruido para así no despertar al durmiente y desentumecer las piernas. Mientras lo hacía, miraba a las doncellas y se fijó en que una de ellas llevaba lo que parecía una camisola interior de bonito encaje toledano y la dejaba sobre la cama abierta... Presto se dio cuenta de que debía ser de la bella Juana y no pudo evitar salirse algo del rincón e intentar verla mejor.

Al hacerlo, golpeó el orinal y el estruendo despertó al senescal. Este, viendo que estaban las doncellas en la alcoba, las instó a que se dieran prisa, llamaran a la señora y la prepararan.

Para asombro del Pequeño pronto apareció doña Juana,

y las doncellas procedieron a desvestirla para luego ponerle la camisola.

«¿Una camisola de dormir a esas horas? ¿En pleno día?». Debía ser una excentricidad más de los señores, pero ¿por qué?, se preguntaba el Pequeño a la vez que se deleitaba con lo que tenía ante sus ojos. Tanto era así que prácticamente ni siquiera oyó al senescal pedirle que le acercara el orinal. El niño lo hizo sin perder ojo de la escena que tenía frente a sí.

Estaba embelesado a pesar del desagradable sonido del amarillento líquido cayendo en el orinal. ¡Qué hermosura, qué belleza! En su candidez, el Pequeño veía a doña Juana como a un verdadero ser celestial. Ensimismado en ello no se percató de la entrada en la alcoba de otra señora, también vestida con camisola de dormir. Fue la sombra de esta acercándose al senescal la que lo devolvió a la realidad. Miró hacia ella y, ante su asombro, esta le guiñó un ojo. El susto fue mayúsculo y se giró por si el hombre se había percatado. Este, demasiado ocupado en recoger su cacharro y volverse a sentar tras miccionar, nada había visto.

—¿Qué tal se encuentra hoy mi buen señor? —Al preguntar, la señora se inclinaba graciosamente frente al senescal para susurrarle algo al oído.

Debió ser algo gracioso, ya que él rio y le propinó un cachete a la par que mandaba a la dama a buscar el baldrés[1] .

El Pequeño no había oído lo que había dicho el senescal, pero estaba claro que no había entendido nada porque si no, hubiera oído lo de baldrés y no habría tenido ni idea de lo que quería decir y menos aún de lo que podía ser.

La señora llamó la atención de las doncellas, que tras acabar de preparar a doña Juana se habían retirado al fondo de la alcoba a la espera de ser requeridas. Algo les dijo y estas salieron de la habitación para volver al poco con una caja entre manos. Mientras, la señora, llamada doña Blasa según supo más tarde el Pequeño, se había acercado a doña Juana y le estaba acariciando la larga y lisa melena, que ahora llevaba suelta, a la par que le lamía el cuello justo allí donde nace la carótida.

El Pequeño no acababa de entender lo que estaba pasando; «¿No son los hombres los que acarician a las mujeres? Las mujeres

____

1 También conocido como godemiché. Hoy le llamaríamos *strap-on*. Es un *dildo* sujeto a un arnés que se asienta en torno a las caderas y piernas.

no acarician a otras mujeres, no, no es normal, va contra natura».
En su joven mente poco sabía él de lo que era realmente el amor.
Solo sabía lo que decía la doctrina sagrada.

No tardaría mucho, sin embargo, en aprender cuál era la
realidad terrenal. Lejos de lo que podría interpretarse de las Sagradas Escrituras, el Pequeño vio cómo las caricias de una mujer
a otra hacían que sus pechos se tersaran y sus pezones se irguie-
ran. A pesar de llevar la camisola de dormir era tan evidente, tan
excitante a través de la tela, de esa tela fina y casi transparente.

No llamaron a la puerta, las doncellas simplemente volvieron a entrar a la alcoba y sigilosas, sin mediar palabra, se dispusieron
a hacer algo que obviamente debían haber hecho en ocasiones
anteriores, pues lo tenían muy por la mano. Una de ellas se puso
detrás de doña Blasa; llevaba en las manos un extraño artilugio
hecho de finas correas de piel y una especie de bocado central
largo y redondeado.

La otra moza se colocó de rodillas frente a doña Juana y pasó
los brazos por su cintura para coger la de doña Blasa y, soltándole
el faldón, dejarla en calzones. Otro susto para el Pequeño. «¿Una
mujer en calzones?...». En fin, la dejó en calzones y recogiendo el
faldón de doña Blasa se alejó de nuevo hacia el fondo de la alcoba.

Mientras, la primera le pasó las extrañas correas por delante del pubis y entre las piernas para luego atárselas por detrás,
quedando esa cosa larga y redondeada colgando allí delante como
palo de bandera sin insignia.

El zagal estaba cada vez más intrigado y ni siquiera fue
consciente de las risas que provocó en los allí presentes. Bueno,
el senescal tampoco se enteró demasiado, él a su vez se había
vuelto a sacar el cacharro y, bien que flácido y medio muerto, allí
lo tenía, a la vista de todos.

Doña Blasa siguió besuqueando y acariciando a la señora,
que empezó a emitir extraños soniditos, como de placer. Doña Blasa
bajó las manos por delante de la señora, le pellizcó los pezones
mientras le lamía las orejas y, ante el chillido de ella, se pegó a su
cuerpo por detrás. Empezó a trazar movimientos oscilantes, y doña
Juana se acompasó a ella. Ambas se agitaron así durante un rato
y luego doña Blasa puso las manos en las caderas de la primera y
le levantó la camisola para meterle las manos en la entrepierna.

Doña Juana se encorvó hacia delante y gimió. Ese fue el momento justo para que doña Blasa echara mano de la cosa esa y se la metiera por allí a doña Juana. Esta pegó un estridente chillido que la Blasa acalló tapándole la boca con una mano y volviendo a acompasar el movimiento anterior. La otra mano seguía perdida en la entrepierna y su meneo se volvió cada vez más frenético al igual que el del compás de las dos mujeres. Parecían sacudidas por continuos calambres y estos parecían haber hipnotizado al Pequeño también.

Quién sabe por qué o por qué no, pero le dio por girarse y, al hacerlo, vio a una de las doncellas como vencida encima del senescal y a este apoyado contra el respaldo de su sillón, los ojos cerrados y los brazos en los apoyabrazos.

¿Se habría muerto? No, no, sus manos se movían ligeramente y la doncella también lo hacía, pero ¿qué hacía?

¿Dónde mirar? El pobre niño estaba sobrepasado. Las mujeres era obvio lo que hacían. Se había dado cuenta de ello, pero ¿qué le pasaba al senescal? ¿Estaba indispuesto? Las mujeres eran ciertamente tentadoras, la dama Juana su musa, pero algo le decía que siguiera mirando hacia el sillón.

Oyó una especie de ruido de succión, la doncella levantó la cabeza para mirar hacia arriba, al senescal, y al hacerlo, el Pequeño vio que tenía la boca ocupada, ocupada por el cacharro del anciano, que al sentir la falta de movimiento había abierto los ojos para mirar hacia abajo.

Ambos se miraron y, con un asentimiento de cabeza, la doncella volvió al trabajo. Se movía rítmicamente de arriba abajo y de abajo arriba por el falo del senescal, sin salirse del todo. El viejo empezó a jadear y las mujeres, al oírlo, rompieron su cadencia para mirarlo. Este abría y cerraba los ojos entre jadeo y jadeo. Ellas volvieron a lo suyo, pero lo hicieron de cara a él y, mientras se miraban los unos a los otros, don Jimeno se corrió soltando un líquido lechoso en la cara de la doncella, que le había liberado el cacharro, y doña Juana hizo lo propio, venciéndose sobre sí misma.

El Pequeño se quedó en la alcoba, mudo e inmóvil, ya que nadie lo había autorizado a marcharse, pero aprendió bien rápido que las interpretaciones de la Biblia son eso, interpretaciones, y los haceres del amor y el placer otros son.

Datos a tener en cuenta

53

Según Cristóbal de Chaves, a mediados del siglo XVI en la Cárcel Real de Sevilla, se encontraban cumpliendo pena mujeres «porque querían ser más masculinas de lo que la naturaleza permitía» y añadía cómo trataban las mujeres de «convertirse» o «transformarse» en hombres: «Algunas mujeres se habían convertido en gallos con la ayuda de un baldrés o un instrumento fabricado con el pellejo curtido de una oveja y moldeado en forma de la natura de un hombre, que después se ataban con cintas».

El garañón

Reinoso

La torre

Septiembre de 1579

—¿Habéis oído a monseñor? —Ya iba el Pequeño con alguno de sus chismes golosos a las cocinas.

—Siéntate, siéntate, que están los señores en la siesta y no va a llamar nadie. —Al decirlo, la cocinera sacaba un cazo de estofado del puchero y plantaba un plato sobre la mesa delante del niño. A estas alturas sabía ya que al Pequeño se le soltaba la lengua con el estómago lleno y con lo que a ella le gustaban los chismes no iba a perderse la ocasión.

—Pues que al inquisidor don Reynoso le van a crecer los enanos.

—Menudo él y sus Marías. —La cocinera era mujer piadosa y muy, muy creyente, tal como marcaba la época.

—Yo he oído decir por mi señora que el muy bribón ha hecho abrir un boquete en la muralla de su palacete para que la señora de Lara pueda entrar y salir sin que se la vea —cuchicheó una de las mozas.

—Y monseñor dice que lo ha hecho a costa de los dineros del rey y que allá donde fuere él, ella fuere también... —murmulló el Pequeño.

La cocinera no pudo retenerse y cortó al zagal para sentenciar:

—De señora nada de nada, que vive amancebada con un hombre de Dios. —Al decirlo, la pobre mujer se santiguaba y con la otra mano, en la que todavía llevaba el cazo, señalaba a su marido.

Él, que contaba coles, muy de la guasa y más bien ateo si

se podía serlo en aquellos tiempos, añadió:

—Pero, mujer, si de todos es sabido que están amancebados y el Santo Oficio nada dice. Además cuántos harán lo...

—Ni se te ocurra decir más, que te arreo. —La cocinera hacía ademán de enviar el cazo directo a la cabeza de él.

Este se apartó un pelín, pero continuó.

—...mismo. Mujer, que digo verdad, todo es más que cierto. Si yo estaba en esperando a mi señor, que este hablaba con don Luis y don Alonso, y mentaban ellos su pesar por ser conocidos del dicho inquisidor. Y a mi señor le pedían que este no le dejara saber al inquisidor que también ellos se hospedaban con nosotros.

—Ya, ya, ¿y tú qué sabrás, marido, de quiénes son esos tales don Alonso y don Luis? ¿Y qué certeza hay en lo que por sus bocas hablan? —objetó la cocinera.

La primera moza, que había abierto los ojos como platos y se hacía cruces de que la mujer no se hubiera enterado de quiénes eran esos huéspedes, soltó:

—Pero, doña Tomasa, si se trata del mismísimo don Luis de Góngora.

—¡Ave María Purísima! ¡Habérmelo dicho, por Dios! —Se sonrojaba la cocinera a la vez que el Pequeño añadía:

—Sí, y su acompañante es don Alonso Guerra, el cura de Mazuecos. Sí, sí, y yo oí cómo este les decía a los otros que el tal Reynoso era el mejor garañón de toda Castilla y que un día él, el cura, mientras paseaba, había encontrado a una tal Luisa de Grazia, mujer casada, sentada junto al Alcázar y, preocupado por ella, le había preguntado qué la tenía allí esperando, a lo que había contestado que un negocio que tenía con el inquisidor, don Reynoso...

—¡Válgame el Santísimo! —Esa, claro está, era la cocinera a la vez que se volvía a santiguar.

—Calla, mujer, ¡calla! —Ese, por supuesto, su marido, que más que oírla a ella quería saber lo que el cura había contado.

—...pues, lo que iba diciendo, la tal Luisa de Grazia tenía un negocio con el inquisidor, y según añadió, a instancias del cura, secreto, tan secreto que se hallaba debajo de las faldas.

La pobre cocinera, tan mojigata ella, se venteaba con un paño que había cogido de la mesa.

—Vaya, vaya, así que parece que la fama que lo precede

justa es. ¡Quién pudiera ser hombre de Dios y a la vez disfrutar de los más terrenales manjares y tener todos los flancos cubiertos...! —rio el cocinero.

—Calla, hombre, que a tu mujer le va a dar un vahído de la impresión —decía uno de los mozos a este al ver la cara de ella pasar del púrpura al blanco cetrino.

—Pero si es que se piensa que lo que dice la Iglesia va a misa y de eso nada de nada, que los primeros que no cumplen son los propios curas —comentaba el cocinero, estampándole un beso en la frente a su mujer al levantarse para volver a sus quehaceres.

—¡Por Dios, marido, estas libertades en público!

A lo que él aprovechó para pellizcarle una nalga y marchar riendo a la vez que le decía:

—¿No te ha dicho Lucía que están alojados en la torre, él y sus Marías?

—Ya decía yo que si me picaba la nariz era porque alguien me estaba mentando. —Lucía, moza asignada a la torre, acababa de pararse en la puerta para dejar pasar al cocinero.

—Pues sí, le comentaba a mi santa que si no le habías dicho ya quién se alojaba en la torre —habló el cocinero.

—El muy guarro ha mancillado seis camisas esta noche. Están todas sudadas y las delanteras llenas de inmundicias y suciedades ordinarias que tengo que lavar yo. Yo tengo que lavar las asquerosas porquerías del degenerado ese y, además, según Fuensanta más me vale hacerlo bien, porque el señor ¡ja! don Reynoso es de mano fácil y no tiene problema en mandar corregir a quien no haga las cosas como él quiere —dijo Lucía con una cesta de ropa sucia en las manos.

—Eso de verdad que es más que cierto. He oído decir que mandó al potro a un pobre peón que tras caérsele un peso y destrozarle el pie abjuró de la fe. —El Pequeño iba a añadir algo más cuando lo interrumpió el cocinero, que con la llegada de Lucía había vuelto a entrar.

—Cuidad vuestras lenguas, que tiene oídos en todas partes y mucho, mucho poder. Álvaro de Vargas, que fue su peón, me dijo que la entrada secreta que se hizo abrir en la muralla a costa del rey va directamente a su cuarto y que por allí sube doña María y se pasa con él de veinte a treinta días y que nadie, nadie del servicio se atreve siquiera a mentar el tema a riesgo de perder la lengua, las uñas o incluso la vida.

—Calla, marido, calla, que más que santo parece el mismísimo Satanás —decía la cocinera mientras se volvía a santiguar.

—Pues si es Satanás, desde luego tiene forma de hombre y muy, muy potente y bien dotado.

—¡Por Dios Santo! ¿Cómo sabes tú eso, Pequeño? —La cocinera estaba cada vez más sofocada. El asunto la estaba sobrepasando y le temblaban hasta las piernas por lo que estaba oyendo.

Lucía también se sentó, dejando el cesto en el suelo a su lado.

El Pequeño le dio un sorbo a su copa y se preparó para continuar, consciente de que se había convertido en el centro de atención y olvidando por completo las palabras del cocinero:

—Bueno, es que Fuensanta me ha encomendado dejar las cestas de leña siempre a punto por si el inquisidor quiere prender la chimenea en sus salones.

—Y eso, Pequeño, ¿qué tiene que ver? —Como siempre, la cocinera tenía que decir algo y su marido no estaba dispuesto a dejarla hablar...

—Pero ¿te quieres callar y dejarlo hablar?

Si las miradas matasen, muerto estaría, pero como seguía siendo el hombre, la cocinera acató su orden y él con la mano señaló al niño para que siguiera.

—Voy a los salones dos veces al día. Lo cierto es que con la temperatura que hace no la prende prácticamente nunca, pero sé que cuando lo hace es que va a pasar algo importante —explicó el Pequeño.

—¿Importante cómo? —De nuevo la cocinera, que no sabía tener la lengua quieta. Esta vez le chistaron todos.

—Bueno, pues es que si hay fuego, hay Marías —sentenció el Pequeño para quedarse callado y pensativo.

—¿Hay Marías? ¿Pero no está amancebado con doña María de Lara? —Era Diego ahora el que no acaba de entender lo de «Hay Marías».

—Sí, sí, y cuando está con ella es dulce, fogoso pero dulce —aseveró el Pequeño.

—Y tú, niño, tú, ¿por dónde te metes para saber eso? —Otra

vez Diego, que nunca dejaba de sorprenderse con lo que llegaba a ver el zagal. Quién sabía, a lo mejor incluso estaba algo celoso.

—Yo voy por los pasillos interiores a los salones y accedo por la puerta camuflada tras el tapiz, pero, claro, antes de hacerlo debo atisbar por la mirilla por si hay alguien en la sala —aclaró el Pequeño.

—Ya, ya, y mirar, miras bien, vamos que tienes butaca de primera —soltó Curro, que nada había dicho hasta entonces.

—Bueno, yo cumplo con mis obligaciones, que si no, me arrean —se mofó el muchacho alzando las manos.

—Vale, vale, eso lo sabemos todos, pero a lo que nos ocupa, a lo del fuego y las Marías. —Era Diego, que seguía emperrado en enterarse de lo de las Marías.

—Pues es que cuando viene la otra María...

La pobre cocinera, que no podía creer lo que el zagal contaba, pidió a Lucía que le sirviera una copita de orujo para poder sobrellevarlo.

—... María de Quejada. Él prende la chimenea para preparar el ambiente y que estén calentitos frente al hogar. —A lo cual el niño se quedó pensativo y al poco siguió—: Pero no acabo de entenderlo porque calentitos ya están sin prender la lumbre, que sudan y jadean como cerdos cuando están en pleno trabajo.

—¿En pleno trabajo? ¿Qué trabajo? Yo es que no os sigo. De verdad que no entiendo nada, que yo pensaba en algo verdaderamente monstruoso y al final va a ser que se juntan para trabajar. Me estabais asustando para nada.

Todos tenían claro ya que la cocinera era bastante mojigata, pero que llegara a tal grado de no querer ver...

—Mujer, cuando quieres hacerte la tonta desde luego no hay quien te gane... el trabajo, la faena entre piernas. A eso se refiere el Pequeño y ahora no me vengas con que te sulfuras y te indignas, que si yo les contara a los aquí presentes lo que en nuestra alcoba acontece, serían otros los que se ruborizarían.

La cocinera al oír eso en boca de su marido hizo ademán de tirarle la copita de orujo que todavía tenía en la mano, pero Diego, que quería seguir oyendo, pidió paz e instó al niño a que siguiera.

—Bueno, pues eso, lo que iba diciendo, que sudan como cerdos cuando se trabajan entre piernas y a fe que trabajar, trabajan mucho, que a ratos no se distingue quién es quién de tan metidos que están los unos entre los otros... —narró el zagal.

—Pardiez que no entiendo nada. A ver, Pequeño, te tendrás que explicar mejor, que yo esto no lo acabo de ver, y gustarme, ya me gustaría. —Ante la atónita mirada de las mozas, Diego se justificó—: No, no, no es que yo quiera hacer nada, es solo por aprender, que el saber no ocupa lugar.

—Venga ya, Diego, que todos sabemos de qué pie cojeas. —Curro lo conocía muy bien.

—Callad de una puñetera vez y dejad al niño que acabe y que nos enteremos de lo que va la historia. —Era Juan, un mozo de cuadras que había permanecido en silencio hasta ese momento.

—No eso, que se comen los unos a los otros... —Y volvieron a interrumpir al Pequeño.

—Esto se está poniendo cada vez más raro. Pero, por Dios, Pequeño, ¿cómo se van a comer? Será que se besan en la boca, se morrean, se relamen... —Juan no acaba de digerir lo que el zagal decía.

—Que no, que no, que no es en la boca, que don Reynoso hunde su cara en las partes de doña María de Lara a la vez que mete su verga en la otra María y esta hunde su cara en las partes de la primera. Vamos, que se estiran allí delante del hogar y que están dale que te pego a lenguas, verga, chochos y demás hasta que el ruido, el ritmo y el movimiento se hacen frenéticos y continuados, y don Reynoso se sale de doña María de Quejada se menea la verga y se desparrama sobre el vientre de la tal María mientras ambas se corren bajo las lenguas de sus dos captores. Se dejan caer sobre las alfombras y suelen dormirse —dijo el muchacho.

—Bueno, bueno, pues vale. Ya está, ya lo hemos oído todos. ¡Por Dios, qué asco! —decía la cocinera mientras se santiguaba y hacía ademán de levantarse.

—Que no, que no ha hecho más que empezar... —intentaba seguir el zagal.

—¿Pero de verdad tenemos que seguir oyendo estas aberraciones? —Con todo lo chismosa que era, eso era demasiado para la cocinera, que acabó de levantarse y dejó la cocina. Su marido la dejó marchar e hizo ademán al Pequeño para que continuara...

—Al rato suelen despertar y don Reynoso limpia sus inmundicias de encima de las Marías...

—¿Veis? ¿Veis cómo tengo razón cuando digo que es un cerdo asqueroso? Y encima tengo yo que lavar esas inmundicias. —Lucía daba así crédito a sus palabras a la par que Diego y Curro le chistaban para que el Pequeño pudiera seguir.

—Mientras ellas empiezan a lamerle el cuerpo, una en cada pie. Le chuperretean los dedos y él se pone a tono al momento. Aquello se le vuelve a levantar, se pone tieso como bastión a la espera que ellas lleguen hasta él y por turnos lo capturen en su boca para masajearlo y darle calor a la vez que la otra sigue lamiendo. Lo que de verdad le pone es que las dos suban hasta sus pezones y los soben en sus bocas, le amasen la porra y los huevos mientras él las ensarta y mete sus dedos dentro de las vaginas de cada una para que ellas los cabalguen. Todos se acomodan a un mismo ritmo, y al rato se corren a la vez, él salpicando las manos de ellas y su propia barriga, ellas venciéndose sobre el cuerpo de él y lamiéndole ese asqueroso líquido blanquecino y viscoso —relató el muchacho.

—¡Madre de Dios! Nunca imaginé que se pudieran siquiera hacer esas cosas. Está claro que la fama que lo acompaña es más que merecida. —El cocinero no solía sorprenderse por nada, pero esto había conseguido incomodarlo a él y a todos los allí presentes. Lo cierto era que se había hecho el silencio, estaban conmovidos y algo avergonzados porque quien les contaba algo así era un niño pequeño, un niño que no debería saber ese tipo de cosas.

Él, viéndose amo del momento, se dispuso a seguir, porque había más, mucho más:

—Acto seguido, una de las Marías se mete el falo flácido en la boca y lo chupa hasta que se vuelve a poner tieso. La otra va al lado del escritorio, le da a algo en algún lado y se abre una especie de compartimento secreto del que saca un palo de puntas redondeadas.

—¿Para qué carajo querrá un palo? ¿No irá a *hostiar* al señor? —Curro estaba que no sabía dónde meterse.

—¡Calla, joder, calla! —Diego no estaba dispuesto a quedarse sin saber y le soltó un capón a este, tras lo que el Pequeño siguió hablando:

—No, no, no va de hostias, va de falos...

—Pero, Pequeño, ¿no acabas de decir que no va de palos

ni de hostias? —El pobre Curro se había enterado a medias con el capón.

—Hostias, a ti te voy a dar hostias si no te callas. —Diego estaba perdiendo la paciencia y le mostró el puño, así que Curro juntó las manos a modo de «lo siento». El Pequeño fue invitado a seguir.

—Que no, que no va de palos, va de falos, que la tal María lo coge, se lo lleva a la boca y lo relame. Luego se lo lleva a Reynoso, cuyo miembro la otra María todavía tiene en la boca. Él lo coge y ellas ahora se estiran boca arriba mientras él se pone de rodillas y mete ese palo, falo, ahora dentro de una y luego dentro de la otra. ¡Y venga! ¡Y va! Hasta que una vez más empiezan a convulsionar y retorcerse hasta que se corren. Entonces él aprovecha para meter la suya dentro de una de ellas y se corre también —relató el zagal, impresionado y gesticulando con las manos.

—Pero, bueno, ¿este hombre es humano? —Curro no acababa de comprender de dónde podía salir tanta potencia.

Diego afirmaba con la cabeza y el cocinero le comentó al Pequeño:

—Niño, déjalo ya, que esto no es cosa normal y no es bueno para ti.

Los presentes no estaban muy de acuerdo con lo que decía el cocinero, pero le tenían tal respeto que poco se atrevieron a decir, aunque Curro insistió con la cabeza a ver si colaba y el Pequeño seguía contando.

—Pero es que la cosa no acaba aquí...

—Déjalo, muchacho. Pequeño, te he dicho que ya vale. Además, todos tenemos tareas que atender y es más que hora de hacerlo. ¡Venga, cada cual a su trabajo! —instó el cocinero.

Todo el mundo se levantó y poco a poco la cocina empezó a vaciarse salvo por el Pequeño, a quien el cocinero conminó a que se quedara.

—Mira, Pequeño, yo sé que ves y oyes muchas cosas que no son aptas para tus oídos. Solo te digo que no olvides nunca con quién lo hablas. Recuerda siempre: «Ver y callar ante cualquiera que no sea tu gente». Hay cosas que no se deben reproducir y mucho menos decir a según quien. Si el inquisidor supiera que andas venteando sus hazañas, tu cuello correría peligro. Es hombre de pocas palabras, pero de hechos, así que recuérdalo bien...

—Sí, sí, ya sé. «Ver y callar ante cualquiera que no sea mi gente» —reiteró el zagal.

—Pues eso. —El cocinero le revolvió el cabello del pescuezo y lo largó con una sonrisa para que fuera a sus quehaceres, pues ya hacía demasiado rato que no los atendía.

Mil doncellas
para mi
Las cocinas
Vísperas navideñas
Diciembre de 1579

ERAN otros tiempos, y el común de los mortales jamás había tenido acceso a los placeres de la carne como lo tenían la nobleza y el clero. Por no tener, no tenían acceso siquiera a la Navidad. La Natividad del Señor, en aquellos días, para ellos no era sino un tiempo de recogimiento obligado, de ayuno. Bien, lo del ayuno, más que obligado, era lo normal para cualquiera que no perteneciera a esas élites, pues ser pobre en aquella época significaba ser pobre de solemnidad.

Sin embargo, las gentes del Parador, gracias a la pericia del Pequeño y su labia, disfrutaban tanto de los manjares de la buena mesa como de los placeres de la carne a través de sus historias.

El Pequeño se movía por el complejo como pez en el agua. Conocía cada uno de los recovecos del edificio y sus anexos, los corredores oficiales y los secretos, lugares públicos y privados, y conforme crecía él, crecían también su listeza y sagacidad.

La realidad era que el Pequeño se había convertido en pieza irreemplazable en el día a día del Parador. Era él quien ponía sazón a idas y venidas, la guinda a las comidas en cocina y la mejor historia a las sobremesas como el más curtido de los bufones palaciegos.

En aquella ocasión, en el gélido invierno manchego y en vísperas navideñas, los señores de Dueñas, queriendo hacer gala de sus haberes y señoríos, habían invitado a pasar las fiestas en el Parador a lo más granado de la sociedad toledana de entonces.

Viene de sí añadir que, tal como es sabido, en aquella

época los menesteres del placer eran amplios y permisivos pues «la simple fornicación no es pecado». Existían por tanto gran número de fulanas, mancebas y mancebos prestos a atender las necesidades de los invitados. Se habían tenido en cuenta los gustos de monseñor Luarte por los mozuelos jóvenes y virginales cual inocentes querubines. Para doña Mercedes, sus muy depuradas apetencias por los grandes y exuberantes senos. Para don Juan, las rubias tontitas. Y qué decir del alcaide. Para él, súbditos susceptibles de ser detenidos por su gente. Con ellos hacía uso de sus múltiples arreos de tortura...

Atendiendo a la tradición pagana adoptada por la Iglesia germana unos siglos atrás, se instaló un árbol de Navidad en la capilla y otro mayor en el comedor principal que se decoró con manzanas y velas, las primeras como metáfora del pecado original y el de los hombres, y las segundas como ejemplo de la luz que trajo al mundo Jesucristo.

Las manzanas llegaron al Parador bien protegidas entre paja en cestos de esparto trenzado. Llegaron de manos de cinco robustas campesinas germanas que fueron requeridas para colgar dichas frutas en el árbol. El Pequeño fue el encargado de conducirlas al comedor una vez los mozos hubieron dejado los cestos allí. Este vio cómo doña Mercedes, en supuesta charla distendida con la dueña de la casa, no perdía de vista la comitiva. Es más, habría jurado que los ojos de la misma hacían chiribitas al ver pasar tal voluptuosidad y opulencia pectoral.

El Pequeño, haciendo gala de su sagacidad, dejó a las teutonas con su faena. Se quedó entre la penumbra de los cortinajes de la gran sala a la espera de acontecimientos, porque tenía claro que iba a haberlos.

Y, ciertamente, no pasó demasiado tiempo antes de que aparecieran la señora de Dueñas y doña Mercedes para admirar el trabajo de las germanas y la composición del árbol. Mientras eso hacían, entró una de las mozas de cocina. Algo le comentó a su señora, esta se disculpó ante doña Mercedes y salió seguida de la muchacha.

Doña Mercedes se acercó a las cestas, y cogió y admiró una de las orondas manzanas para luego metérsela en la boca.

—¡Es para el árbol, no para vos! —Esa fue Greta, la que

parecía llevar al resto del grupo.

Doña Mercedes se giró muy lentamente para encararla y espetarle:

—Y vos, ¿quién coño sois para siquiera dirigiros a mí? Sucia ramera, hija de un...

Bien, había empezado la fiesta, tal como había previsto el Pequeño, quien se pertrechó más aún entre los cortinajes para, sin ser visto, verlo todo.

Tiempo después, en las cocinas...

—Pequeño, ¿quieres una copa de aguardiente? Estás blanco como el papel. ¿Te sentó algo mal? ¿Te recriminó la señora? —La cocinera se lo preguntó al Pequeño realmente preocupada.

—Pero, mujer, déjalo respirar. Haz que se siente. Espera, espera, que le haré un hueco aquí, en la mesa. Que se sosiegue y luego le preguntamos. —El cocinero, más comedido, quiso calmar a su esposa.

El mozo de cuadras se sentó a su lado mientras la cocinera le servía al Pequeño una copita de aguardiente. Lo cogió allí mismo, en la alacena, del barato, del que usaban para cocinar, pero para levantarle los ánimos al chiquillo era más que suficiente.

Todos los que en ese momento estaban en la cocina se quedaron mirando, esperando a que el niño se repusiera, pues en el fondo todos le tenían estima. Apreciaban sus historias y eran lo más cercano a una familia para él.

—¿Qué tal? ¿Estás mejor? ¿Quieres comer algo? —Otra vez le preguntó la cocinera al Pequeño.

Este se había embuchado el alcohol de un solo trago y los colores estaban volviendo a sus mejillas. La cocinera le plantó delante un tazón de humeante ropavieja mientras se lo preguntaba. El mozo de cuadras le pasó el brazo por encima del hombro para reconfortarlo. El Pequeño, a quien los vapores del aguardiente empezaban a soltar la lengua, empezó a hablar:

—No, la señora no me dijo nada, no estaba.

—No estaba. ¿Dónde no estaba, chiquillo? —La cocinera, con semblante inquieto, se sentó frente a él mientras se lo preguntaba.

—En el comedor, en la sala grande. Están allí doña Mercedes y las, las...

—Las orondas nórdicas. ¡Ayy, gañán, gañán, ya has visto tú algo demasiado revelador para tu corta edad! —comentó el mozo a la par que soltaba una sonora carcajada mientras la cocinera le reprendía por ello. El mozo se incorporó en el asiento, ahuecó la boca, removió la lengua y se pasó los brazos por pechera y cintura como tocando a una opulenta doncella. La cocinera abrió los ojos grandes como platos y se oyeron un montón de cuchicheos por detrás de ella. Varios de los que estaban de pie se acomodaron alrededor de la mesa, ávidos de la historia que estaba a punto de ser contada.

—Yo estaba escondido al fondo, entre los cortinajes, cuando doña Mercedes cogió una manzana y la más grande de las germanas la recriminó por ello. Sin saber cómo ni por qué, al poco estaban ambas enzarzadas en una ardiente discusión. Las otras decoradoras dejaron sus quehaceres y rodearon a ambas, alentando a su compañera en una jerga de la que no comprendía absolutamente nada. —El Pequeño lo explicaba, rememorando lo vivido.

—Así que doña Mercedes perdió la compostura. ¡Lo que puede llegar a hacer una zorra cuando está caliente! —soltó el mozo al sentarse mientras el Pequeño hablaba.

La cocinera añadió:

—¿Y la señora, dónde estaba la señora?

—No, no estaba. Se había marchado con una de las doncellas —continuó el zagal.

—Bueno, dejadlo que siga. —Esa fue una de las leñeras que, toda tiznada, se había sentado también a la mesa.

—Yo creí que acabarían dándose de hostias, pero de repente la señora tenía la cabeza metida entre los orondos salientes de la germana y parecía estar pasándolo bien.

—¡Acabáramos! —Otra vez la leñera.

—Ya sabía yo. —Este, por supuesto, fue el mozo de cuadras.

—Callad, que si no pierde el hilo. Sigue, Pequeño, sigue. —Al decirlo, la cocinera le acarició la mano a modo de aliento.

—Otra de las germanas se acercó a Greta por detrás, la cogió del moño y se lo soltó a la par que le plantaba un rotundo beso en toda la boca para luego pegarle un lametón en la mejilla. Al cogerla, la teutona se fue para atrás y una cascada de ondulado cabello rubio cayó por sus hombros. La cara de doña Mercedes, mojada y sonrojada, quedó al descubierto. En ese momento otra de las mozas, esta de pelo castaño y trenzas recogidas en caracola, aprovechó para soltarle los lazos del corpiño a la rubia y bajarle la camisola, dejando al descubierto unos pechos tan grandes, que más parecían ubres. Doña Mercedes se puso como loca y se abalanzó sobre un sonrosado pezón, metiéndoselo en la boca y mamando de él.

—¡Santa Madre de Dios, qué barbaridad! —Era probablemente más de lo que nunca se le podría haber pasado por la cabeza a una pobre leñera.

—Espera, espera, que me apuesto a que esto no es más que el principio. Espera y escucha —dijo el mozo de cuadras. Debía, aunque solo fuera por su oficio, haber visto mucho más del mundo que una pobre chica que apenas salía de la cocina salvo para ir a reponer leña con la que alentar el fuego.

Alguien le acercó al Pequeño la jarra de agua fresca y le llenó un vaso que este apuró hasta la última gota para luego proseguir:

—La más menuda de las germanas se colocó detrás de la señora. Le soltó el fajín, los cordones de la falda de terciopelo y los enganches del guardainfante y lo hizo deslizar todo hacia abajo para luego quitarle sus chapines y dejarla en calzas. A todo ello se sumó otra de las mozas, quien se encargó del corpiño de doña Mercedes, sin demasiada maña, ya que ella seguía mamando de la teutona como si esta ama de cría fuera.

—Así que allí todo Dios se llevaba su parte. Uf… Cómo me está poniendo. ¡Qué envidia! ¿Por qué no me pasarán estas cosas a mí, Pequeño? —se lamentó Curro como si el Pequeño le fuera a contestar.

—Cállate, que te mando de un puntapié a las cuadras, que es allí donde deberías estar —le advirtió la cocinera.

—Haya paz. Dejadnos escuchar, y si no os place, mujer, llevaos al mozo a la cuadra a fornicar. Dejad vuestra cocina en nuestras manos que nosotros sí queremos oír cómo termina la historia. —Diego apuntó con no poca osadía teniendo en cuenta que estaba presente el marido de la cocinera.

—Sí, vamos... que para fornicaciones estamos. Callad todos y dejad al Pequeño terminar. Luego fornicad, mamad, amad, haced lo que bien os plazca, pero de momento callad, por Dios, callad. —Y se hizo un silencio sepulcral, pues había hablado el catador, quien hasta el momento no había abierto boca, pero al que todos respetaban y temían por su fuerte y explosivo carácter—. Prosigue, Pequeño, prosigue, que por mis huevos que no te vuelven a interrumpir estos incultos desabridos.

El Pequeño volvió a beber tras servirle la cocinera más agua y pedirle disculpas por la interrupción, para luego seguir:

—Lo cierto es que sí, todo el mundo se llevaba su parte, porque al quitarle el corpiño a la señora y dejarla en camisola, la última germana, que también era menuda, le sacó un pecho por encima de la camisola y empezó a lamerlo. De hecho, era casi un calco de la otra menuda que le había quitado los refajos, y habiendo dejado a la señora en calzones, tenía ahora la mano metida en la entrepierna de esta.

—Anda la Vir...

—¡Ni te atrevas! No blasfemes —La cocinera, siempre tan devota, no podía permitir que su marido hablara de esa manera.

El Pequeño volvió a coger el hilo y siguió desde donde lo había dejado:

—Mirándolo bien, las menudas deben ser gemelas o mellizas de tanto que se parecen, pero si es así... ¿Por qué, por qué la mano de una dejó los calzones, y la lengua de la otra los senos de la señora para pasar a besarse y tocarse la una a la otra? ¿No es eso incestuoso? —Lanzó la pregunta al aire, pero ante la expectación de los presentes prosiguió sin esperar respuesta—: La germana de las trenzas, la que le había soltado el moño a Greta, se encargaba ahora de seguir desvistiéndola desde atrás mientras se pegaba y se restregaba contra ella. Solo quedaba una teutona que miraba la escena desde la distancia, apoyada contra la mesa donde descansaban las cestas de manzanas a la par que mordisqueaba una. No, pero no solo mordisqueaba la manzana, sino que se trabajaba los bajos con la otra mano.

La mayoría de los presentes no daban crédito a lo que

oían. Olvidaron sus quehaceres y obligaciones, tan obnubilados estaban con la historia y con lo que contaba. Era la primera vez que escuchaban algo parecido.

—La germana se cansó de la manzana y la devolvió a su cesta. La cogió, la dejó en el suelo e hizo lo propio con todas las demás, despejando así la mesa. Acto seguido se acercó a cada una de sus compañeras y les susurró algo al oído. Ni lo oí, ni lo hubiera entendido por la jerga esa que hablaban, pero entre todas cogieron a la señora, la despojaron completamente de los pocos ropajes que le quedaban y la llevaron hacía la mesa, invitándola a acostarse. No debía ser la primera vez que hacían algo parecido, pues cada una de ellas se desnudó del todo tambíen y luego tomó posición a su alrededor. A la señora, que estaba boca arriba cuan larga era, la acercaron al borde con las piernas separadas y le colocaron un escabel bajo cada pie. Allí abajo, entre los dos escabeles, se colocó de rodillas la que había limpiado la mesa y con la lengua se puso a lamer las lechosas piernas que tenía frente a sí, a la vez que subía lenta, muy lentamente por ellas y llegaba a lo que se adivinaba una negra y felpuda mata de vello. Allí se quedó quieta, en actitud contemplativa, viendo cómo las menudas tomaban posesión de los senos de la señora, quien boqueaba buscando algo de aire. La jefa se subió al tablero y, en cuclillas, se colocó de frente a la contemplativa, con el conejo justo por encima de la faz de la señora, quien pareció colmar su boca con él. Detrás de Greta, y en la misma posición, se colocó la de las trenzas y empezó a ocuparse de los senos de la primera.

—Vaya cuadro. Vamos, que ni pintado por Correa. —El mozo, como siempre un bocazas, dijo lo primero que se le vino a la cabeza.

—No seas bruto, ignorante, que Correa fue discípulo de mi señor y sé bien que él de esas lides nada. De Correa son los retablos de nuestra colegiata, el Ecce Homo... —espetó el catador, dándole al mozo de cuadras un capón.

—Vale, vale que ya sabemos que te las das de culto y de saber, pero a mí lo que me apetece saber, lo que quiero oír, es al Pequeño su historia terminar, que la boca se me hace agua y la... se me ha puesto tiesa como la mojama —escupió el ayudante de cocina que hasta el momento no había soltado palabra, mirando hacia abajo y apuntando a sus calzones.

Al Pequeño le hizo gracia. Le habían empezado a sentir ciertos impulsos, pero no acaba de comprender por qué los mayores se ponían así con sus historias. Tanta atención lo hacía sentir poderoso, pues además sus historias le garantizaban un buen plato de comida caliente, las atenciones de alguna que otra doncella y, de vez en cuando, pequeños presentes inesperados.

La leñera le puso delante al Pequeño una naranja que ella misma había pelado y separado en gajos. Uno de esos manjares vedados a los tristes mortales, uno de esos regalos que de vez en cuando recibía el niño, mientras con el gesto se le instaba a comer y seguir con su glosa.

Con el sabor de la naranja aún en la boca y fuerzas renovadas por sus azúcares, el Pequeño continuó:

—A ver, iba por los bajos... ¡Ah sí! Los bajos de la rubia germana, que acariciaba la de las trenzas mientras la primera se inclinaba hacia delante para, alternativamente, estrujar los senos de las menudas, que a su vez se encargaban de los de la señora cuyos bajos ensartaba la lengua de la teutona que estaba entre sus piernas. Hasta entonces —continuó el muchacho—, habían llegado a mis oídos toda clase de sonidos voluptuosos a los que se les sumó un ronco gemido que salía de las entrañas de la señora. Esta parecía inquieta y se movía como sanguijuela picada por un bicho mientras agarraba a la rubia por las posaderas y se metía su potorro en la cara, sorbiendo fuertemente de él. La de las trenzas le soltó los senos, se echó hacia atrás y sus manos bajaron hacia su propio conejo, que empezó a friccionar con insistencia mientras espetaba algo en esa extraña jerga de la que yo no entendía nada. Imagino que como respuesta a lo que dijo, las menudas soltaron a la señora, quien demasiado ocupada estaba como para quejarse por ello. —El Pequeño seguía contando su historia—: Se fueron a ocupar de su propio placer. Se colocaron una frente a la otra y cada una metió la mano en el conejo de la otra, empezaron a friccionarlos y allá que te va... otras dos moviéndose como sanguijuelas picadas por bicho.

El mozo de cuadras definitivamente no tenía remedio y se llevó la madre de todas las collejas, la guinda del pastel, con su:

—Me da que todas acaban como...

—Cállate de una puta vez. Tenías que hablar ahora, ahora que la cosa está que arde. —El ayudante de cocina tenía hasta la cara embotada por el rubor y un inconfundible espesor tensaba sus calzas.

Algo en esa cara le decía al Pequeño que más le valía seguir si no quería que hubiera trifulca, así que a ello fue, sin esperar señal alguna:

—Las convulsiones de la señora se hicieron cada vez más rítmicas y rápidas. Su cabeza había desaparecido por completo entre las piernas de la rubia, quien ahora se había doblado por encima de ella y le lamía el felpudo, mientras la de su entrepierna le había metido un dedo en la concha y con la otra mano se daba a sí misma. La señora se agarró a la mesa, sus manos se crisparon y se oyó un sonoro gemido mientras se corría. Al hacerlo soltó la concha de la rubia y esta, que también estaba a punto, se irguió, se llevó las manos a la entrepierna y terminó, dejándose caer de rodillas hacia atrás. Las menudas, al oír el jaleo, levantaron la cabeza y vieron sola, sentada en el suelo y todavía insatisfecha a su compañera, la que había estado entre las piernas de la señora. Se agazaparon sobre ella, una a la altura de su cara ofreciéndole el potorro y la otra tomando posesión de su concha con la boca tras desviarle la mano que jugaba con él al suyo propio.

—Una nueva bacanal —afirmó la cocinera.

—¡Sí, sí, más, más! —Esta vez fue la lechera la que habló mientras batía palmas por la emoción—. Perdón, perdón... ya me callo.

—No sé demasiado bien cómo fue la cosa, pero lo cierto es que, de repente, las tres eran un amasijo de cuerpos uno dentro de otro, manos en senos, bocas en potorros. Todo puro sexo, convulsionando a la vez.

—¿Qué te pasa, Pequeño? —preguntó la cocinera.

Se había hecho el silencio. El niño había bajado la cabeza y bien parecía tener la vista puesta en sus calzones. El mozo de cuadras miró en la misma dirección que el chico y al hacerlo soltó una sonora carcajada. El Pequeño estaba rojo ígneo. La cocinera, que seguía sentada frente a él, se levantó para mirar qué demonios pasaba y a ella, contrariamente al mozo de cuadras, le entró la ternura. Mandó callar al mozo, echó a todo el mundo de la cocina y cogió al Pequeño de la mano, pues en cierta medida seguía siendo un niño. Lo ayudó a despojarse de los calzones mancillados, se sentó a su lado y, recogiéndolo sobre su pecho, lo acunó.

—Está bien, Pequeño, está bien. No pasa nada, nada... —susurró arrullándolo con su voz.

Molicie o Nefando
¿Cuál y cuándo?
Suite Galiana
Navidades de 1579

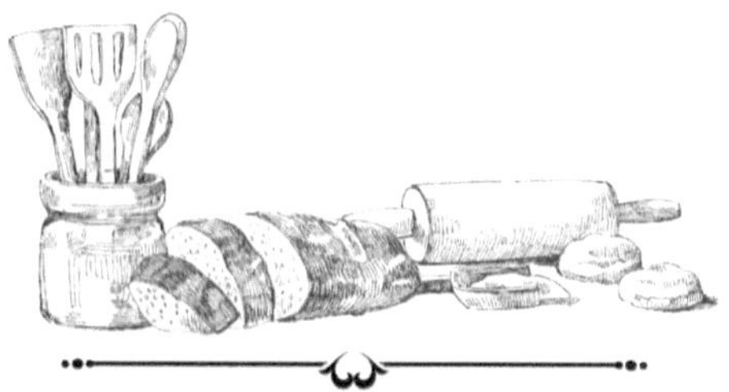

ON Blasco acababa de entrar en la cocina y revolviéndole la cabellera al Pequeño, que estaba sentado a la mesa, cabizbajo frente a una solitaria manzana, espetó:

—¿Qué te pasa, que te ves tan mustio y apagado?

—No sé, no entiendo. No, no, no entiendo nada de nada… —musitó el Pequeño.

—Pues como no te expliques mejor va a ser que yo tampoco. —Y al decir eso, don Blasco se sentó a la mesa frente al niño con una copa de vino que había cogido al pasar—. ¿Qué es eso que no entiendes?

—Que Curro me ha dicho esta mañana que me cuidara el corazón de la bragueta —cabeceó el Pequeño.

—Ah, ¿y cómo ha sido eso? —preguntó don Blasco de forma socarrona.

—Pues nada, que doña Fuensanta me ha mandado a las cuadras a avisar de que pronto llegarían don Garcerán y su séquito y que tuvieran los establos preparados, y va Curro me suelta eso mientras se parte de risa.

—Ya, ya…

El zagal no dejó terminar a don Blasco y siguió:

—Ya, ya, ¿qué? ¿Qué tiene de gracioso, si mis calzones no tienen bragueta y mucho menos corazón? ¿Cómo carajo va a tener corazón un calzón?

—Nada, no te apures, que es cosa de mayores, un simple

dicho y el Curro un... —No pudo acabar. Era el propio Curro que avisaba de la llegada de don Garcerán y que cada cual ocupara su puesto en la recepción.

Don Pedro Luis Garcerán de Borja hizo su entrada como siempre, tal como era él, con toda la opulencia y pompa del mundo. Él montado en brioso corcel, seguido de su esposa, la dama Leonor, y todos sus sirvientes, ayudantes y demás componentes del séquito.

Todos estaban allí, esperando. El Pequeño colocó el escabel a los pies del carruaje de la señora y ella se apeó para entrar directamente en sus aposentos y poder reponerse del largo viaje. Los demás pusieron pie a tierra y sus monturas fueron llevadas a los establos mientras los sirvientes se afanaron en cumplir con sus obligaciones. Cada cual fue a lo suyo y todo transcurrió con normalidad hasta que a los pocos días de estar allí, el Pequeño volvió a ir en busca de don Blasco para preguntarle:

—¿Un maestre puede casarse?

Don Blasco, que ni siquiera se tomó la molestia de levantar la cabeza del arma que estaba limpiando, contestó presto:

—Pues no, ¿que no sabes ya que los caballeros que pertenecen a una orden profesan voto de castidad?

—Pues eso, ¿don Pedro no es maestre de la orden de Montesa?

—Sí, sí lo es, pero es que en su caso le dispensaron una bula que le permitió casarse. —El zagal tenía cara de no entender nada, así que don Blasco, que había dejado la limpieza y estaba ya solo por el niño, siguió—: Sí, una bula, una dispensa papal, un permiso...

—Ahh, ya, por eso está casado, pero no los he visto juntos más que en público.

—Bueno, niño, pero es que no todas las parejas andan dándose amor tan libremente como a veces sueles ver. —Quería evitar decirle al niño lo que de todos era sabido sobre el gusto de don Pedro por amantes de su mismo sexo.

—Pero es que don Pedro siempre está rodeado de jóvenes amanerados y bellos.

—Ya, pero no es cosa tuya. Recuerda, ver, oír y callar, ese es el lema de esta casa. Respétalo y todo irá bien. Tú a tu faena y punto. —Y en diciendo eso lo despachó mientras él volvía a lo suyo.

Don Blasco recordó el comentario de Curro. Tenía que hablar con Fuensanta. Sí, definitivamente debía hablar con su Santa y decirle que tuviera cuidado con las asignaciones del Pequeño, no fuera a ser que a don Pedro se le antojara y lo fuera a desgraciar, que bastante desgracia tenía con ser lo que era.

En ese mismo instante y sin saberlo él, claro está, Fuensanta, la gobernanta, enviaba al Pequeño a los aposentos privados de don Pedro donde lo habían requerido. Le entregaron una misiva que él a su vez debía llevar al pueblo, a la posada vieja, y dársela en mano a un tal Martín de Castro que allí se hospedaba. Don Pedro añadió que debía quedarse allí el tiempo que hiciera falta, pero que bajo ningún concepto volviera sin haber hecho entrega de dicha misiva y haberse asegurado de que el susodicho Martín la había leído.

Como debía ir lo más rápido posible le mandaron avisar a Curro, a que ensillara un caballo y que así pudieran llegar con la mayor celeridad.

Curro y el niño pasaron en la posada casi un día entero antes de que apareciera el tal Martín, un joven ciertamente bien parecido pero de parcos modales, poco dispuesto a recibir órdenes y menos a leer por imposición. Leer, ¿podría ser quizás que no supiera? En aquella época no todo el mundo, salvo el clero y la nobleza, sabía hacerlo.

Alguien en la hospedería debió de haberle comentado a don Pedro que el niño sí sabía leer y por tanto él mismo haría que Martín de Castro supiera exactamente lo que se requería de él.

Tras conocer el contenido de la misiva, de Castro se aseó mínimamente, pues por aquella época no eran muy dados a la pulcritud, y junto a Curro y el Pequeño marchó en dirección a la hospedería.

Al llegar, desmontaron. Curro se encargó de las monturas y el niño guio a Martín hacia donde lo esperaban, no sin que antes Curro le soplara socarrón al Pequeño:

—Eh, tú, acuérdate, vigila el corazón de tu bragueta.

El mosqueo del zagal ya era supremo y aun sabiendo que no debía, le pegó un puñetazo en el hombro sin darse la vuelta siquiera para estar seguro de acertar.

Don Blasco apareció en los establos preguntando por el Pequeño, a lo que Curro le contestó:

—Acaba de marchar con el tal de Castro para los aposentos del maestre.

—Pero, tú, ¡inconsciente hijo de la gran puta! ¿Cómo se te ocurre dejarlo ir solo con esos tipos? ¡Serás carajo! —gritó don Blasco.

—¡Hostia, hostia, hostia, hostia! ¿No lo dirás en serio? Acabo de decirle que se guardara la bragueta, pero…

—La madre que te parió. —Y se fue, dejando a Curro con la palabra en la boca.

Blasco se encontró a Fuensanta por los pasillos y la advirtió de la situación. Esta corrió presto hacia los aposentos de Garcerán, pero, gracias a Dios, cuando llegó habían despachado ya al niño y lo habían enviado a la leñera a por leña para alimentar el hogar. Fuensanta fue para allá, dispensó al Pequeño de sus tareas y lo mandó a la cocina a por un bocado mientras era el pobre Curro el que fue enviado a alimentar el fuego. No sin que antes le mandaran callar, ya que según él, esa no era su tarea.

No solía ser habitual que lo dispensaran de sus obligaciones y menos que lo enviaran a por un bocado fuera de horas, así que el Pequeño obedeció sin rechistar y se presentó en la cocina a por algo de comer y ante la atónita mirada de la cocinera le dijo:

—Me manda la gobernanta. Dice que me esté en la cocina y que me entretenga comiendo algo.

—¡Anda ya, te lo habrás inventado! —dijo ella, poniendo los brazos en jarras.

—Qué no, que iba a ir a coger leña para azuzar el fuego de los aposentos del maestre, pero me mandó dejarla y le dijo a Curro que fuera él —soltó el niño sin saber muy bien lo que estaba pasando.

—Acabáramos. Ya, ya, con que los aposentos de don Garcerán. No me extraña que no quieran que vayas tú.

—Pero ¿por qué? ¿Qué pasa? Si es un hombre afable y bien parecido y ha sido muy amable conmigo. Me mandó a buscar a un tal Martín a la posada y me dio cinco reales por el trabajo.

—Válgame el Señor. —La cocinera se pasó una mano por la frente.

—Muchos me mandan hacer recados y me despachan con una coz —dijo el Pequeño mientras le mostraba las monedas en su palma abierta.

La cocinera se acercó y casi encima de él lo conminó a mirarla con mucha atención:

—A ver, escucha bien porque no quiero tener que volvértelo a repetir. No te acerques a los aposentos del maestre. Ni se te ocurra mostrarte en su presencia, ¿está claro?

—Sí, ya, pero ¿por qué? —El niño, como cualquier otro, quería saber el porqué de las cosas.

—¡Porque te lo digo yo y punto! Es asunto de mayores.

La cuestión es que cuanto más se nos prohíben las cosas, más curiosidad nos provocan y, claro, el Pequeño empezó a maquinar a ver cómo podía andar por allí sin ser visto y sin faltar a sus obligaciones.

Doña Fuensanta apareció al rato en la cocina y después de estar hablando con la cocinera sobre algunos detalles de la cena, envió al niño a vaciar los orinales del senescal que de seguro debían de estar llenos a esas horas, y así los dejaba listos para la noche.

Exactamente eso hizo el zagal, eso y lo que le mandaron hacer el resto de la noche hasta que lo enviaron a la cama. Bueno, más bien al camastro que tenía en un recoveco de la leñera. Cayó redondo y durmió de un tirón hasta la mañana siguiente, en que volvió a sus quehaceres, sin olvidar que debía encontrar la forma de saber qué carajo pasaba en los aposentos del maestre y a qué venía tanto interés en que se mantuviera alejado de él.

A la hora de la siesta, cuando los huéspedes dormían y había poco trabajo, el Pequeño se metió por los pasillos internos, aquellos que solían llevar a los aposentos de las *suites* por puertas secundarias, detrás de cuadros y rejillas. Llegó a la *suite* Galiana donde se hospedaba el maestre y allí, escondido detrás de un tapiz, oteó por un huequecillo, a ver qué pasaba. Se quedó embelesado, no, más bien embobado. No parecía posible. Sin embargo, lo era, era cierto todo lo que vio. Estaba tan impresionado que las horas pasaron y para cuando se dio cuenta sabía que se llevaría una buena tunda. No le quedaba otro remedio que ir a la cocina e inventarse algo, como que le había sentado mal el almuerzo y se había cagado las patas abajo; una cagalera de esas que no te dejan levantarte del hueco.

—Mira, Pequeño, que nos conocemos, que no tienes cara de cagalera, que tienes cara de haber visto un muerto. A ver, ¿dónde te has metido, que estás blanco como la cera? —A Dios gracias, no estaban ni la gobernanta ni la cocinera. Don Blasco y el cocinero estaban jugando una partida de cartas junto a unas copitas de orujo e invitaron al niño a sentarse a su vera mientras le ofrecían una copita para ayudarle a reponerse.

—Venga, va, no te preocupes, que las brujas no están. No te apures, que no habrá tunda, que le he dicho a la gobernanta que te había enviado a unos mandados. —Don Blasco le tenía verdadero aprecio y eran muchas las veces que le cubría las espaldas a riesgo de tener pelea con su Santa, pero bien valía la pena pues ya se sabe: después de la trifulca viene la cama y tras la cama la calma—. A ver, cuenta, ¿te has dormido y has vuelto a tener pesadillas? —Y al preguntarle le puso una mano sobre el hombro.

El Pequeño meneó la cabeza a modo de negativa.

—No, no me he dormido, pero pesadillas, pesadillas sí que he tenido.

Don Blasco se estaba impacientando, así que alentó al niño con unas palmaditas.

—Pues que como no queréis que vaya donde monseñor...

—No me jodas niño que, que... —El cocinero se había levantado como un resorte de la mesa.

—Que ya lo sé, que no tengo que ir, pero tranquilos, que él no me ha visto —aseguró el Pequeño.

Los dos hombres se relajaron y el cocinero se volvió a sentar, disponiéndose ambos a escuchar.

—Me colé por los pasillos hasta la *suite* Galiana, a la alcoba principal de Garcerán y metí el ojo por la rejilla del tapiz que da a la misma —explicó el zagal.

—Ya, como siempre, haciendo caso a lo que se te dice. —Va el cocinero y para reforzar lo dicho, le suelta un capón. Otro más de los que solía llevarse a diario.

Don Blasco, como para poner paz, alienta al crío para que siga:

—¿Y qué viste?

—Don Pedro y el tal Martín parecían estar discutiendo.

Hacían aspavientos y señalaban a un tercero que estaba allí sentado como posando. No sé quién es, no lo había visto nunca, pero tiene el pelo de color del oro, largo y ondulado y la piel blanca, blanca como la de las novicias de monseñor. Parece un querubín como esos de los frescos de la capilla.

—Ya, ya. —El cocinero, que se veía venir una historia de esas buenas, buenas, no pudo callar.

—El muchacho casi parecía una manceba allí sentado, medio estirado, en paños menores, el torso al aire. Oí a don Pedro cuestionando a de Castro y diciéndole que si estaba seguro de que el cofre no se había abierto nunca. Que ese era el tipo de mercancía por la que le pagaba, y muy bien, por cierto.

Martín, que sabía de la debilidad de Pedro por él, echó mano al paquete y lo estrujó con regocijo a la vez que le pasaba la lengua por el bigote para tirar de él a mordisquitos. El muy puto sabía perfectamente cómo domar a la bestia. A punto estuvo el zagal de ser descubierto, pues se le escapó un reniego de sorpresa por lo que vio y eso fue exactamente lo que les hizo llegar a los que estaban alrededor de la mesa.

—Anda que si te llegan a pillar ibas tú a estar aquí tan feliz. —Ese era Curro, como siempre tan diplomático. Él y Diego habían entrado mientras el Pequeño hablaba, pero este siguió, sin hacerle demasiado caso.

—Don Pedro hizo lo propio y agarró a Martín del paquete, pero al hacerlo se lo acercó y se lo plantó de frente para sacarle la tranca y empezar a machacársela. Mientras, Martín seguía mordisqueando el bigote hasta llegar a la boca y allí meterle la lengua, para mí que hasta el esófago, porque don Pedro ponía cara de estar medio asfixiado, pero aun así seguía con el machaqueo. Intentó que Martín hiciera lo propio con su verga, acercándole la mano allí, a lo que este le propinó un *hostión* y el maestre se conformó con seguir dándole al manubrio mientras Martín le devolvía el soplo y se recostaba en la cómoda que tenía al lado para poder disfrutar de lo que le hacían.

—Oye, Pequeño, ¿y el mancebo? —curioseó el cocinero.

—Pues nada, allí estaba, mirando sin mirar, pues estaba más interesado en los hojaldres, diacitrones[2] y membrillos que

---

2 El diacitrón es un dulce español muy popular en los siglos XV y XVI elaborado a base de cidra.

había en una fuente a su vera. Había a su lado también una jarra de melocha[3], y en un momento en que yo tenía la vista puesta sobre él, el maestre, con voz entrecortada y jadeante, le ordenó que la cogiera y fuera con ella a su lado. Yo sabía que las señoritas se la ponían en la cara para ser más bellas, pero no sé por qué tuvo que hacerlo el mancebo...

—¿Qué dices, Pequeño? ¡Te lo estás inventando! —Curro no acababa de verlo claro, pero Diego añadió:

—Cualquiera sabe, ¿no dicen que al maestre le va cualquier cosa?

A lo que don Blasco, obviamente, les mandó callar:

—¡Queréis hacer el puto favor de dejarlo acabar! Anda, Pequeño, sigue, que yo me aseguro de que este par de mendrugos tengan la boca cerrada. ¿Lo tenéis claro?

Y ambos asintieron, pues sabían cómo se las gastaba don Blasco cuando se ofuscaba de verdad.

—Pues eso, que el mancebo se untó de melocha, pero no la cara, le mandaron embadurnarse la pechera. Menos mal que no tenía vello que si no...

—No te desvíes, al grano. —El cocinero, que se impacientaba.

—Pues se embadurnó y se acercó a Martín y al maestre, que allí estaba, dándole al manubrio para contento de Martín, que ahora además lamía la pechera del mancebo, llenándose los morros de melocha. Al poco se corrió en la mano del maestre y este se tragó su lechada para luego incorporarse y comerle los morros llenos del pringoso manjar mientras el mancebo se apartaba y se quedaba allí, mirando, su propio manubrio en levanten armas despuntando entre el liencillo[4] del calzón, atrapado en su taparrabos.

» Para contento esta vez del mancebo, Martín se apartó del maestre y le mandó liberarlo de las prendas que lo aprisionaban. No acabo de entender por qué, pero don Pedro hizo caso, como si fuera él el que tuviera que obedecer a un superior.

» Pringoso como estaba, se acercó al chico, se puso frente a él y se arrodilló para tirar hacia abajo de los calzones con los dientes. El joven, que muy molesto no parecía, colaboró pasándose el calzón por las caderas para facilitar la tarea. Al ver el abultamiento, don

---

3 La melocha resulta de la cocción de la miel.
4 Tela fina de entretela.

Pedro se lanzó y lo engulló, tela incluida. Martín le mandó parar y separarse, a lo que él respondió presto, quedándose quieto en contemplación y de rodillas frente al mancebo. Yo no lo veía de cara, pero allí de lado parecía que estuviera rezando...

—Sí, sí, rezando. Estará rezando para que le dejen meterse eso en la boca —dijo Curro, al que le podía la emoción.

—¡Calla, hostia! Que pierde el hilo —espetó Diego, que no podía ser menos, y don Blasco alentó al Pequeño con una señal de la cabeza.

—Martín le ordena al maestre acercarse al mancebo, sin levantarse, allí de rodillas, sin tocarlo, y soltarle los lazos del taparrabos a dentadas. No sé, no lo tengo claro, pero yo diría que en ese momento el maestre está tembloroso, hace ademán de levantarse, pero Martín se acerca y le susurra algo al oído. No sé qué le dice, no lo puedo oír, pero después el maestre hace algo, y cuando Martín se aparta veo al mancebo en cueros. Tiene vello en la entrepierna. Yo nunca había visto un vello así de claro, como dorado, y en medio una churra grande, grande y tiesa. Se veía eso tieso como la mojama. Al maestre debió de gustarle, porque hasta me pareció oírlo gemir, a lo cual Martín volvió a llamarlo al orden. De nuevo no sé lo que le dijo, pero este se levantó, fue a por la jarra de melocha y vertió una buena cantidad sobre la verga del mancebo mientras Martín se acercaba a la misma, y a la par que se ponía de rodillas frente al muchacho le ordenaba a don Pedro que se despojara de sus ropas.

—Apuesto a que este mucho problema en acatar no tuvo. —Ese fue Curro, mirando a los demás, a lo que Diego soltó a su vez:

—Más bien lo que tuvo fue prisa en acatar...

—...y aquello debió de saltar como resorte de un cajón — dijo el cocinero, que a pesar de no tener un pelo de bujarrón empezaba a hacerle gracia la cosa.

—Bueno, ¿qué pasa, que todos tenéis que soltar algo o qué? —espetó Blasco—. Sigue, sigue, que de no acabar se nos hace mañana. —Su tono no admitía réplica.

El niño parecía despistado, como si hubiera perdido el hilo o quizás estaba pensativo.

—...le ordenaba a don Pedro que se despojara de sus ropajes... —chistó don Blasco para que el Pequeño continuara.

—Ay, ya, sí, sí, pues eso, que el maestre se quedó en cueros con la churra al aire. Una tranca como de burro, allí en medio, dura como vara de medir. En medio de un frondoso bosque negro y unos huevos gordos, gordos...

—Chico, sí que se te ha aguzado la vista *pá* ser que veías desde un huequecillo... ya, ya, ya me callo. —Al pobre Curro se le quitaron las ganas de hablar al ver la cara del cocinero.

El caso era que al Pequeño también parecían habérsele quitado. Parecía estar en otro lado, por lo que tuvieron que hacerle un gesto para que siguiera hablando.

—No, que... pues eso...

Que nada, que el crío no arrancaba y el cocinero fulminando con la vista al Curro.

—Ibas por lo de la tranca de burro, del bosque frondoso... —dijo don Blasco.

—Ah, ya, pues a eso que Martín, allí de rodillas, le dice al maestre que también él se la embadurne de melocha y se ponga al lado del mancebo. Yo me quedo sin ver nada, porque el maestre se me pone en medio. Está claro por eso que Martín trabaja sus trancas, porque oigo gemidos y veo al maestre contorsionarse, pero no dura mucho. Martín se levanta y ordena al chico apoyarse con las manos en la mesa que tienen al lado. El maestre le da a la mano, Martín lo riñe, pero no le dice que lo deje, lo apunta con el dedo para que se acerque a él y empieza a relamerle la cara como quitándole el pringue de la miel. Con el entusiasmo, el maestre le da más rápido a la cosa e intenta besarlo, por lo que se lleva un bofetón, y ahora sí lo increpa fuerte, pero suelta otra orden que no entiendo. Sí veo a Martín verter melocha sobre su verga y embadurnarle sobre todo la punta. Luego se gira, y diciéndole algo al mancebo, este se abre de piernas y recuesta la cara sobre la mesa. Martín le deja caer melocha por la espalda, entre las posaderas...

—¡Joder, lo va a encular! —Estaba claro que tenía que ser Curro, que recibió un capón del cocinero y un:

—¡Hostia, te quieres callar ya!

El encanto se había cortado y de nuevo el zagal se había quedado como en trance, como en otro lado.

—Mira, Pequeño, te juro que como vuelva a abrir la boca este mentecato le corto las pelotas, pero ¡pardiez!, continúa. Estaba el mancebo sobre la mesa —ladró el cocinero.

—No, apoyado, estaba apoyado y el maestre se le acercó por detrás, pero antes Martín estuvo haciendo algo, parecía tener la mano entre los mofletes y el muchacho como que se removía. No sé si de gusto o si de disgusto, pero en un momento Martín se aparta y a una señal suya el maestre le pone la tranca entre los mofletes al mancebo y empieza a removerse muy despacito. Martín mira hasta que vuelve a meter la mano por allí y al poco se oyen un alarido seguido de sollozos y una especie como de gruñidos. El mancebo casi ha desaparecido debajo del maestre, que ahora está recostado sobre él. Es él el que gruñe y el muchacho el que solloza. —El Pequeño quedó en silencio, pero esta vez nadie abrió la boca; esperaron a que volviera a hablar. La verdad era que tampoco sabían qué decir. Don Blasco le volvió a servir una copita de orujo que él se tragó de golpe. Tenía la vista ausente, pero seguía hablando, como recitando:

—Martín vuelve a decir algo, el mancebo queda en silencio y el maestre se empieza a mover lenta, muy lentamente de dentro para fuera, allí, detrás del muchacho. Martín, a su vez, se pone detrás del maestre y, sin soltar sus ropajes, se pega a su espalda y se acompasa a sus movimientos mientras le acaricia el torso y... creo que le muerde las orejas. El maestre entra en una especie de trance y los movimientos se vuelven cada vez más frenéticos. El mancebo vuelve a sollozar, no puede estar callado y eso y los movimientos hacen que el maestre pegue un nuevo alarido y se quede vencido sobre el crío, separándose Martín para apoyarse en la mesa y contemplar a los otros dos.

El Pequeño, cuya voz había ido perdiendo fuerza por momentos, se encorvó sobre sí mismo y casi en un susurro volvió a preguntar, tal como había hecho en otras ocasiones:

—¿Qué quiere decir lo de que me guarde bien el corazón de la bragueta? Pero no me digas que es cosa de mayores. Dime lo que quiere decir.

Los ojos del niño no permitían una salida por la tangente, así que don Blasco se esmeró, buscó las palabras y:

—Pues verás, don Pedro gusta de los placeres de la carne tierna, cuanto más tierna mejor.

El Pequeño, que se había pensado que la cosa iba por otro

lado, empezó a relajarse y se irguió en su asiento.

—Acabáramos, por eso está siempre insistiendo en que le traigan lechazo y cabritillo... —comentó, apartando sus pensamientos de lo que acababa de relatar a los presentes.

—¡Que no, niño, que no te enteras, que...! —El cocinero, más bruto que un arado, iba a soltarlo, pues eso, a lo bruto.

Don Blasco lo interrumpió para añadir:

—No, verás, la cosa va de carne tierna, pero no de esa, que de esa también le gusta, pero no, no es eso.

A lo cual el niño se volvió a encoger en el asiento.

—¡Que le va más el pescado que la carne, que es bujarrón de esos que se meten! —espetó de nuevo el cocinero, metiendo la zarpa.

Ya, lo de que era bujarrón le había quedado más que claro al Pequeño y más con lo que había visto desde detrás del tapiz, pero seguía sin entender lo de la bragueta.

—Mira, Pequeño, que yo sé que no eres tonto ni corto, así que vamos a dejarnos de rodeos y al grano. Al maestre lo de estar casado ni le va ni le viene, no sea porque le conviene. Lo que le gusta de verdad, y como ya has visto, son los de su mismo sexo —tanto los demás como el propio niño tenían su plena atención—, pero además le van las cosas raras. ¿Sabes el tal Martín? —El niño asintió, y así don Blasco continuó—: Pues es un puto, uno de esos que cobran por amar. Dicen que son amantes, pero también cuentan que se lo disputan entre de Castro y el conde de Ribagorza. Vaya usted a saber...

—A fe que es verdad —sentenció el cocinero, que ya empezaba a parecerse a su mujer y no podía mantener la boca cerrada—. Que sí, que precisamente el otro día, mientras esperaba hablar con monseñor, este y Góngora los mentaban y hablaban del pecado abominable, y monseñor comentaba que ya había advertido al capellán del conde, que hablara con él y lo advirtiese, que le dijera que se abstuviera de tan horrendas prácticas, que acabaría siendo ahorcado a manos de la Santa Inquisición.

—Ya será menos, que estos mucho hablan y poco hacen, que es a los pobres a los que queman, que a los nobles y ricos con que digan que no han consumado dentro, ya está. Una reprimenda y de castigo nada y a seguir con su vida y su pecado nefando a escondidas. Que sí, que mientras para el Tribunal quede en delectación morosa se van poco menos que de rositas.

—Pardiez, que no entiendo un carajo, Blasco, que cuando te pones erudito no hay Dios que pille *na*. —Fue el cocinero el que intervino, porque el pobre zagal no sabía ya ni de lo que estaban hablando.

—Pues eso, que si metes la churra por las antífonas, pero la sacas *pá* correrte fuera, que la cosa queda en molicie, que no es tan abominable, y por allí te salvas.

Los allí presentes añadieron al unísono:

—¿Qué carajo es eso de la molicie?

Don Blasco, que ya se veía de docente, intentó ser lo más claro y breve posible, que las cosas de la Iglesia de por sí no solían serlo:

—*Effusio seminis extra vaso*[5]. Vamos que soltar la lechada, si no es en el cuerpo de la esposa con el puro fin de preñarla es malgastarla. Puedes soltarla siempre y cuando no sea en ningún otro orificio y menos aún en el trancailo[6]. Entendámonos, que el pecado es menor porque viene a ser que no estás deseando otro cuerpo, que simplemente te complaces a ti mismo, no deseas físicamente a otro. Es un puro sentimiento lujurioso viciado.

—Ahí va la Virgen, Curro, que se la puedes meter a la Sinforosa, darte unos meneítos y mientras la saques antes de derramarte todo está bien. —Ese, claro está, era Diego hablándole a su compadre.

—¡Hostia, Diego! No seas bestia, que la pobre jaca no tiene culpa de nada. Además, que yo sepa, vosotros no sois ni ricos ni nobles, así que si os enganchan os vais derechitos a la hoguera. Vamos, sin miramientos ni contemplaciones, anda que los del Tribunal se andan con chiquitas.

—Pero, vamos, que volviendo a lo que estábamos, que don Garcerán no solo goza de la presencia de su joven amante, sino de otros mancebos, cuanto más jóvenes mejor, tal como nos ha contado el Pequeño. Dicen que le subliman las asentaderas prietas y vírgenes y que a más de un pobre chiquillo ha desgraciado para los restos. —Don Blasco se sirvió una copa y les ofreció a los demás.

---

5 (Lat) eyaculación seminal fuera del contenedor.
6 (Esp antiguo) orificio anal.

El Pequeño, que por fin había entendido lo del corazón de su bragueta y que se mantuviera lejos del maestre, estaba blanco como la cal. El golpe de algo de cristal sobre el suelo lo devolvió a la realidad

—Perdonad, lo siento. —La copita que todavía tenía en la mano se le había escurrido de la impresión y ya no era más que añicos desperdigados por la cocina.

Estaba claro que nadie lo quería mal, tanto decirle que se alejara del maestre no era palabrería. Era precisamente porque lo querían bien que la servidumbre de la hospedería le aconsejaba mantenerse a distancia.

Podía, no, debía tener en cuenta lo que le decían los que de verdad sentían algo por él.

Don Blasco, que parecía estar leyendo lo que el Pequeño pensaba, le repitió como una letanía:

—«Ver, oír y callar ante cualquiera que no sea tu gente». Lo sabes ya, pero además y muy especialmente en este caso. Mantente a distancia, pasa desapercibido, no vaya a ser que le gustes y tengamos un disgusto. ¡Hala, hala! Que esto ahora va por todos.

Datos a tener en cuenta

Pedro Luis Garcerán de Borja, maestre de la orden de Montesa (1528-1592).

Martín de Castro, proxeneta y prostituto. (Ejecutado en 1574 por sodomía. Santa Inquisición).

Juan de Aragón, conde de Gurrea y Ribagorza. (Ahorcado en 1574 por sodomía. Santa Inquisición).

Gracias y desgracias del ojo del culo. Libro de Francisco de Quevedo (1580-1645).

Pragmática de 1497. Reyes Católicos.

Arte de la cocina, pastelería, bizcochería y conservería, 1611. Libro de Fco Martinez Montiño (cocinero de Felipe II).

El Bello
Bermellón
Las cuadras...
Marzo de 1580

—¡Corran, corran, a mi señora le ha dado un vahído!

Aurelia, en las cocinas, se giró para preguntar de forma sorprendida:

—¿Qué sucede, dama Beltrán? ¿A qué viene tanto alboroto?

—Mi señora, a mi señora le ha dado un vahído en las caballerizas. Yace allí tendida y, y... —La dama se venció sobre sí misma y don Blasco soltó:

—¡Madre mía, madre mía! ¡Traedme las sales, traédmelas ya, que la dama se nos va! Está más blanca que la muerte. ¿Qué habrá visto pues?

Alarmado, todo el mundo se movió. La tranquila hora de la comida se había dado por terminada. La cocinera corrió a por las sales para entregárselas a don Blasco, los mozos de cuadras ayudaron a sentar a la pobre mujer a la mesa, y el Pequeño se afanó en ir a por agua fresca mientras la gobernanta cogía paños que mojar para refrescar la frente de la dama y así saber lo que sucedía.

Don Blasco le pasó las sales bajo la nariz; la gobernanta, quien había mojado un paño en el agua traída por el Pequeño, le refrescó la frente. Todos se esmeraron a la espera de que la dama les explicara lo que ocurría. Al verla recobrar el color, don Blasco le tendió un vasito de vino que, para asombro de los allí presentes, ella se pispó de un solo trago. Al así verla, él le preguntó:

—Dama Beltrán, ¿qué habéis visto pues, que tanto os ha impresionado?

—Un gigante, un gigantón en faldas sosteniendo a mi señora y otros tres, otros tres también en faldas bailando a su alrededor...

—¡Madre mía, Señor Bendito, que la dama se nos ha trastocado! Ay, Dios, ¿qué le habéis dado? ¿Qué había en ese vasito?... —La gobernanta, como siempre, se hacía la peor de las ideas.

—Que no, que no, que yo los he visto —intervino el Pequeño.

—¿Pero qué dices, niño? ¿De qué hablas? —Era uno de los mozos de cuadras, que nada entendía.

—Que sí, que yo los he visto. Que he visto los gigantes de los que habla la dama.

—Pero, vamos a ver, Pequeño, que no hay gigantes, que son cosa de fábulas e historias... —Don Blasco intentaba poner un poco de razón en esas palabras incoherentes.

—Que sí, que los he visto en las cuadras al ir a por el agua al pozo. Llevan faldas, tienen el pelo y las barbas rojo bermellón... —barboteó el Pequeño.

—¡Ay, que nos matan a la señora! ¡Que nos la matan y se la llevan o cualquiera sabe lo que serán capaces de hacerle! ¡Por Dios y por la Virgen corred a las caballerizas antes de que sea demasiado tarde...! —La cocinera, como siempre vaticinando los peores augurios.

—Callad, mujer, callad... —don Blasco era el único que se atrevía a chistarla, pues cualquiera le levantaba la voz a la cocinera, menuda ella—, pero sí tenéis razón en una cosa. Debemos ir a atender a doña Justa. Tú, Pequeño, el cubo, los paños y agua fresca.

A la gobernanta le tendió las sales para que las llevara. A los mozos los conminó a que lo acompañaran, palos en mano. A las mozas y la cocinera las dejó a cargo de la dama Beltrán mientras ella se recuperaba. Él, hombre de armas de su majestad, desenvainó, y espada en ristre comandó a la pequeña comitiva desde las cocinas en dirección a las caballerizas.

Los pasillos, oscuros y sinuosos, se hicieron más oscuros y más sinuosos si cabía. El miedo, el recelo y la incertidumbre los tenían a todos atenazados, pero el deber, el honor de una noble debía prevalecer y, por tanto, a pesar de ese miedo, siguieron adelante hasta llegar a las puertas de las cuadras. Allí, don Blasco paró la comitiva. Indicó al Pequeño y la mujer que se agazaparan, se quedaran allí, a los lados de las puertas y esperaran a que los llamaran. A los mozos les indicó que caminaran tras él, unos pasos más atrás, y que estuvieran prestos por si debían usar sus palos.

A Dios gracias, hacía buen día y el sol que lucía en el exterior daba luz a las caballerizas. Don Blasco se fue introduciendo sin problemas, sin obstáculos y sin atisbo de gigante alguno. Los mozos, a pesar de su sentido del deber, no eran hombres de armas, no habían sido formados para la guerra y por mucho que sujetaran fuertemente sus palos, el miedo los agarrotaba, sus dientes castañeteaban y desde luego poco preparados estaban para lo que aconteció al poco.

Don Blasco, unos pasos por delante de ellos, tal como habían quedado, soltó lo que parecía un híbrido entre gemido y risotada. Dejó caer la espada y se dobló sobre sí. Los mozos, que con el estruendo se habían agazapado, habían perdido de vista a don Blasco y no entendían bien lo que sucedía. ¿Se le había ido la cabeza a él también? ¿Tanto poder tenían esos gigantes que lo tenían doblado sobre sí mismo y gimiendo y riendo y hablando un galimatías del que nada comprendían?

Al rato, los mozos reunieron fuerzas, se armaron de valor y se levantaron para quedarse boquiabiertos, estupefactos ante lo que vieron sus ojos.

Don Blasco y un gigantón vestido con faldillas entablaban una animada conversación, hablaban en algún extraño dialecto que ellos no alcanzaban a entender. Reían y se daban golpetazos en el pecho mutuamente. Un poco más atrás, sentados a la mesa de arreos de la cuadra, la propia doña Justa y tres gigantes más, todos ellos empinando pequeñas copas de latón con algún tipo de brebaje dentro. No parecía que la señora estuviera en apuro alguno. Desde luego, no se la veía ni pálida ni ida en absoluto. De hecho, más parecía algo acalorada y *chispirita*, sus ojos brillantes y sus mejillas sonrosadas.

A la vista de ello y de que estaba claro que no había peligro, los dos mozos se acercaron a la escena. Al verlos, don Blasco los señaló y riendo se dirigió al gigantón en aquel galimatías que ninguno de ellos entendía. Fue el gigantón quien esta vez rio, se dirigió a los otros de pelo rojo, estos rellenaron sus copas, se levantaron, se acercaron a los mozos y en socarrona sonrisa les ofrecieron el brebaje.

Don Blasco agradeció la copa y de un tragó se la ventiló.

Los mozos, algo dubitativos, husmearon el contenido y exclamaron:

—¡Por Dios y por todos los santos! ¿Qué brebaje es este que tan fuerte huele?

Don Blasco nada dijo, pero les señaló que debían beber y hacerlo de un solo golpe. Así que por cumplir con lo que se les mandaba, eso mismo hicieron.

Los allí presentes explotaron en risas y comentarios jocosos ante las toses, hipos y lágrimas de los dos mozos, que jamás antes habían bebido algo de tal sabor y fuerza alcohólica ¡y para postres! les volvían a llenar las copas, animándolos a repetir.

—Pues, ¿sabes, Diego? No sabe tan mal. —Ese era Curro, que con la segunda copa se estaba poniendo alegre ya.

—Va a ser que tienes razón, Curro, no está nada mal, porque es que hasta veo a la señora sentada a la mesa con esos, esos gigantones, bueno, no, como que ya no son tan grandes, pero lo de las faldas, eso, eso sí que no lo veo normal. Eso no es cosa de hombres... —Y al decirlo Diego meneaba la cabeza a modo de negativa mientras don Blasco se dirigía a los dos mozos:

—Venga, muchachos, dejaos ya de gigantes, que son hombres del norte, grandes, sí, pero de gigantes nada de nada.

—Lo que vos digáis, don Blasco, pero yo soy del norte y os aseguro que nunca había visto semejantes individuos y por Dios que sí que he visto cosas... —Diego seguía negando con la cabeza a la vez que hablaba.

—¡Serás corto, muchacho! Del norte, no del norte de España, sino del otro lado del mar. —Don Blasco había levantado la voz al decirlo. Se estaba empezando a mosquear.

—¡Y yo qué sé! El ilustrado aquí sois vos, nosotros no somos más que mozos sin educación y modales, pero, señor, allí hay una dama sentada a la mesa de unas cuadras bebiendo copas con unos, unos mele...

Diego interrumpió a Curro para seguir él:

—Sí, y yo seré un analfa... analfa...

—Analfabeto, se dice analfabeto, zoquete. —Don Blasco ya no tenía demasiado claro si seguir mosqueándose o tomárselo a mofa. Los muchachos estaban tan divertidos con esa cara de no entender nada...

—Analfa... lo que sea, don Blasco, pero no está bien, no está nada bien que la señora esté allí, en medio de unas cuadras, sentada a una mesa y ¡para postres!, bebiendo como los hombres con unos desconocidos que hablan en sabe Dios qué jerga y...

Don Blasco se había sentado sobre una bala de heno y el gigantón que había estado hablando con él hacía lo propio sobre una caja que por allí andaba. Ambos miraban a los mozos, que entre atónitos y medio borrachos, entendían cada vez menos de lo que allí sucedía.

—Venga, muchachos, tranquilos, no pasa nada, que la señora no puede estar en mejores manos que estas, así que acercaos al pozo, daos unas buenas friegas de agua fresca y volved a vuestros quehaceres. Y, sobre todo, avisad dentro de que todo está bien, que no se preocupe nadie, que la dama Beltrán puede acercarse por si su señora necesita de sus servicios. Puede venir sin miedo alguno, que no se la va a comer nadie.

Los mozos se miraron e hicieron lo que se les había dicho. Seguían sin entender nada, pero con aquello de «donde manda patrón, no manda marinero» lo hicieron sin rechistar. Una vez se hubieron refrescado en el pozo, fueron a la cocina, donde todos, expectantes y en silencio, esperaban acontecimientos. El Pequeño y la gobernanta habían estado esperando a que les dijeran algo, pero al no recibir órdenes habían vuelto a la cocina y allí habían explicado que se oían risas y ruidos guturales y que todo parecía muy extraño, pero que no se oía a la señora.

Tras la explicación, todos habían caído en ese silencio tenso y cargado que estalló en el momento que vieron a los mozos.

—¿Qué hay, qué pasa? ¿De verdad hay gigantes? —Las mozas con voz chillona fueron interrumpidas por la dama:

—¿Mi señora, y mi señora? ¿Está bien mi señora?

—¿Don Blasco? ¿Qué le han hecho a don Blasco? —preguntaron las mozas a la par.

El Pequeño, que era pequeño, pero, como ya sabemos, de tonto no tenía ni un pelo para su corta edad, alzó la voz para conminar a las mujeres a que se callaran, que se tranquilizaran, que si no, poco iban a poder decir los muchachos.

La cocinera, al ver las caras de desasosiego de los mozos fue hacia la alacena, sacó una jarra de vino, de esas que tenían para los días de guardar, pero la ocasión lo merecía. La gobernanta, al intuir lo que iba a hacer, se adelantó, cogió dos vasos, hizo sitio a la mesa e invitó a los mozos a sentarse. Los demás se acomodaron alrededor, a la espera de que desembucharan mientras la cocinera les llenaba los vasos.

Aquellos muchachos que jamás decían que no a un buen trago se quedaron allí, quietos, mirando sus vasos pero sin hacer ademán de tocarlos. La cosa era ciertamente grave, ¿podrían sobreponerse a lo que acababan de vivir? ¿Sabrían explicar algo que no entendían?

—¡Pero venga! Vamos, hablad ya. Por muy duro que sea, soltadlo ya. —Esa era la cocinera, que poco dada a remilgos se estaba impacientando, y eso de que estos no tocaran sus vasos no le cuadraba en absoluto.

El Pequeño quiso saber:

—¿Hay o no hay gigantes?

Los mozos se miraron y Diego, algo dubitativo, respondió:

—Gigantes, lo que se dice gigantes, no, pero son grandes, ciertamente grandes.

—¿Son muchos? —preguntó bajito una de las mozas.

—Pues, pues son tres... y otro con don Blasco. —Esta vez fue Curro el que contestó.

—Don Blasco, ¿está bien don Blasco? —Era la gobernanta, a quien a pesar de negarlo, el buen hombre le hacía cierto tilín.

Los dos mozos apuntaron al unísono:

—Sí, sí, está bien, dice que no hay por qué preocuparse.

La dama, que ya no podía pasar sin saber de su señora, saltó:

—¿Y mi señora? ¿Sigue allí mi señora?

Otra vez los mozos al unísono:

—Sí, sigue allí.

La moza volvió a preguntar, esta vez un poco más alto:

—Pero lo de las faldas no es cierto, ¿verdad?

—Sí, sí lo es y hablan en un galimatías que no hay quien los entienda, pero es que don Blasco también... —Curro no pudo terminar de hablar.

—¿Que don Blasco también lleva falda ahora? —La gobernanta dejó caer la frente sobre la mesa, pensando que también él se había trastocado. ¿Quién en su sano juicio podía imaginar un hombre vestido con faldas?

—No, mujer —dijo Diego—, me refiero a que habla en el mismo galimatías que ellos y que parece que se conocen bien.

—¿Que se conocen bien, que mi Blasco es uno de ellos? —Al darse cuenta que se había puesto en evidencia, la gobernanta se puso roja carmesí—. Quiero, quiero decir don Blasco.

—No, si ya, ya. Ya decía yo que algo había entre ustedes, tanto recadito a las cuadras. Tanto interés de don Blasco por saber si estaba usted en la casa o no... Yo que la creía persona recta... —Al comentario de la cocinera saltó jocosa la más joven de las mozas:

—Sí, sí, casta y pura.

Esa fue la guinda del pastel y todos empezaron a reír. Bueno, todos no, la gobernanta se había llevado el mandil a la cara y se la tapaba con él, presa de la vergüenza, mientras la cocinera, atónita, los miraba a todos. Diego y Curro se daban arrumacos simulando tocarse el uno al otro con un descaro nada casto. Las mozas cuchicheaban y se enviaban besitos y el Pequeño, divertido, veía cómo la gobernanta se incomodaba por segundos para de repente salir corriendo fuera de la cocina.

—Ay, madre, ¡qué *hostión*! Pero ¿qué he hecho yo ahora para recibir tamaño capón? —hipó el Pequeño, llevándose la mano al cogote y girándose hacia la cocinera.

—Tú, tú, pequeño bribón. Tú que de todo te enteras, que todo lo ves y sabes todo lo que pasa en la casa. Tú, ¿cómo no me habías dicho nada?

—Pero si siempre me está diciendo que soy un metete, que me cuide de mis asuntos y me calle la boca, que si no mi lengua me traerá problemas.

Los demás seguían riendo. Esta vez ya no era solo por la gobernanta, sino de la cara del Pequeño y, sobre todo, de la de la cocinera. Nadie pensaba ya en don Blasco y los gigantes. La dama Beltrán, que hasta ese momento se había mantenido al margen, había salido corriendo tras la gobernanta, pues eran amigas de la niñez y le sabía mal lo que había sucedido.

Entró el cocinero. Había estado arriba preparando los menús de la semana siguiente con el ayuda de cámara del señor.

—¿Qué pasa, por qué llora la gobernanta por los pasillos?

—Marido, ¿tú sabías que ella y don Blasco...? —La cocinera había puesto los brazos en jarras para hacer la pregunta.

—¿Están liados? Pues claro, mujer. —Y cogió a la cocinera por la cintura para soltarle un sonoro beso en la mejilla a la par que le propinaba un buen pellizco en las orondas nalgas—. Y los demás, ¿qué hacéis aquí ociosos? ¿No tenéis obligaciones? Venga, venga. Pequeño, tú sube al salón central a llevar leña, que la chimenea se está quedando sin ella. Vosotras, ¿no habéis acabado las habitaciones? Venga, a ello. Y vosotros, ¿por qué no estáis atendiendo a los caballos?

Se quedaron todos rígidos, allí quietos, pasmados.

—Pero, a ver, ¿qué coño pasa aquí? ¿No os acabo de mandar a vuestros quehaceres? ¡¿Es que alguien quiere cobrar hoy o qué?! —El cocinero no se andaba con chiquitas y si alguien tenía que cobrar, por Cristo que iba a cobrar.

Diego, armándose de valor, se atrevió a abrir la boca para espetar de golpe:

—Es que la señora Justa y don Blasco están en las cuadras bebiendo y hablando con unos gigantones en faldas y, y...

—Y —fue Curro el que cogió el testigo para seguir con voz de espanto y consternación —: dicen que no pasa nada, que todo está bien pero es que nos han dado un brebaje extraño, tienen el pelo rojo y hablan en un raro galimatías...

—Y, y la señora también lo habla, y don Blasco y, y están todos bebiendo y, creemos que los han embrujado. —Esta vez fueron las mozas las que saltaron.

Poco podían ellos imaginarse la reacción. El cocinero empezó a reír, tan alto, tan fuerte, tan convulso que de la risa tuvo que sentarse. El Pequeño pensó que o todos se estaban volviendo locos y el cocinero también, o es que se había perdido algo por el camino, pero no acababa de entender nada de nada y a riesgo de recibir otro capón por abandonar sus obligaciones, se sentó.

Y los demás, al verlo, hicieron lo propio. Ya no venía de allí, si debían recibir, recibirían todos, pero por lo menos si el cocinero dejaba de reír, algo les diría, o quizás acabarían todos contagiados y riendo y hablando ese extraño idioma de los gigantes.

—Anda, Pequeño —carraspeó el cocinero entre carcajada

y carcajada—, tráeme un trago fresco de agua. —Al entregárselo, el cocinero miró al Pequeño, le estrujó el pelo y espetó—: Pero, a ver, ¿quién coño os ha dicho que son gigantes?

El niño, boquiabierto, miraba a los presentes.

Se miraron todos hasta acabar frente al cocinero, que ante su desconcierto se había dado cuenta de que estaban realmente asustados, acongojados. Olvidó que los acababa de amonestar y mandar a sus tareas. Era algo ogro pero no tanto. Recordó que eran pobres iliteratos, que todo lo que no conocían les daba pavor y debía ser obra del diablo.

—A ver, ¿cómo os explico esto? —No es que fuera un hombre educado, pero su posición lo llevaba a salir del Parador, ver gentes de otros lugares, oír cosas de fuera—. Tú, Pequeño, ¿recuerdas cuando mirabas los libros con monseñor? ¿Los que hablan de lugares diferentes?

—Sí, ese que llama él de Geografía, esos que hablan de los viajes de Colón.

Curro, que algo sabía también, añadió:

—Sí, lo del Cipango y las Américas.

—Ya, sí, pero no vienen de tan lejos, son europeos. Del otro lado del mar, pero europeos.

Una de las mozas se atrevió a comentar:

—Por eso no los entendemos, pero ¿por qué llevan faldas? ¡Los hombres no llevan faldas!

No se habían percatado de que tenían compañía. Apoyados contra la alacena, don Blasco y el gigantón con el que había estado hablando miraban la escena, divertidos. Se quedaron todos petrificados al oír a don Blasco:

—Son personas, como vosotros y como yo, y además están en una importante misión para la corona, así que chitón. Se acabaron las tonterías y las mandangas y... ¿la gobernanta? ¿No deberíais estar trabajando con el menú? Oye, cocinero, no me vengas con jodiendas, contesta ya, ¿qué coño pasa?

Fue una de las mozas la que lo hizo:

—Es que, es que se ha ido con la dama Beltrán hace un rato y ya no las hemos visto.

—¿Con la dama? ¿Y esas caras? ¿A qué vienen esas caras? —Don Blasco empezaba a mosquearse.

—Bueno, es que estaba llorando...

—¿Quién coño estaba llorando, Pequeño? —Solo de pensar que pudiera ser «ella» la que llorase le hacía hervir la sangre.

—Es que los mozos se esta... —Capón que te crio. El segundo de la mañana, por cierto. Desde luego, no había Dios que entendiera a los mayores. El Pequeño creía que se debía decir la verdad siempre, pero es que el precio... ¿Por qué coño lo habían *hostiado* los mozos? ¿Por qué coño estaba tan enfurecido don Blasco?

La cocinera señaló los pasillos que daban a las habitaciones del servicio y don Blasco marchó por allí, soplando y refunfuñando y amenazando con cargárselos a todos si habían hecho desgraciada a su «santa».

La había llamado «santa». Sí, ciertamente, Fuensanta era su nombre, pero ni él ni ella habían mostrado jamás sus sentimientos en público, jamás habían mostrado que se importaran.

«Decididamente, los adultos se han vuelto todos locos», pensó el Pequeño.

—Oye, muchacho, avisa a monseñor de que la patrulla está aquí, y que estamos listos para la audiencia en cuanto él disponga. —Ese era el gigantón, que en perfecto castellano se dirigía al Pequeño.

—Sí, señor, ahora mismo, lo que usted mande. —Y el muchacho salió escopeteado a la encomienda.

El resto de los presentes se esfumó discretamente, cada uno a atender sus tareas, salvo el cocinero, que invitó al gigantón a sentarse mientras él hacía lo propio. Entablaron animada conversación, al parecer hablaban de un viaje, de unas rutas que seguir o algo por el estilo.

Nadie reparó en el hecho de que doña Justa no había aparecido. Lo cierto era que seguía en las cuadras, charlando ella también con los gigantones que allí habían quedado. Bueno, eso era lo que se suponía, aunque la realidad era bien distinta. Doña Justa era mujer de mundo. No, no, no era ligera de cascos, sino que era persona educada.

En esa época la mayoría de mujeres eran criadas exclusivamente para ser esposas sumisas y portadoras de herederos. Doña Justa era una excepción, hija del médico de cámara de su majestad, el rey Felipe II, sabía de medicina, de geografía e historia. Hablaba varios idiomas y había participado en varios viajes para la corona y, de hecho, esta era otra de esas misiones. Una misión compleja, que desgraciadamente resultaría infructuosa y se convertiría en algo muy distinto a lo programado en inicio. Pero si tan educada y letrada era, ¿qué podría haber provocado ese vahído inicial?

—Justa, ahora que estamos solos. —Ella y el oficial a cargo de los gigantones se habían quedado solos, los otros dos con los que habían estado hablando se habían marchado a sus tareas—. ¿Qué pasó antes? ¿Qué visteis para que se os fuera la cabeza? —Seguían sentados a la mesa.

Justa no era precisamente mojigata, pero había ciertas cosas que, bueno, que no estaba acostumbrada a ver y le costó soltarlo. Solo de pensarlo volvía a marearse.

—Bueno, pues, es que…

—Es que ¿qué, mi señora? , desembuchad ya, no puede ser tan malo. —Y le acarició la cara para darle ánimos.

—Es que, es que yo no sabía que no, no llevabais nada…

—Joder, mujer, ¿nada qué?

—Nada allí. —Y ella señaló hacia el otro lado de la mesa, hacia abajo. El pobre hombre, que no acertaba a entender, la miraba como para animarla a seguir—. Es que, al llegar, cuando fuisteis a bajar del caba…

—Dios, mujer, ¿es eso? —Se levantó y se sentó en la mesa justo delante de ella.

—¿Qué, qué vais a hacer? —Justa tuvo que atrasar algo su asiento para que él se colara. A ella se le abrieron los ojos grandes como platos, tan grandes que parecía que fueran a salírsele de las órbitas. Tenía la vista puesta allí en medio, en la mismísima entrepierna de McTaffy, que así se llamaba el gigantón—. ¿Qué, qué es eso?

—Vamos, Justa, no me seáis corta, levantad un poquito el *kilt*. —Ese era el nombre que recibía la susodicha «falda».

Justa, que estaba como hipnotizada, acató lo que se le dijo y ¡*voilà*! Se hizo la luz, aquello que saltó estaba tieso y lustroso, carne oronda y suculenta…

—¿Lo veis? No, no llevamos nada debajo.

Sí, hipnotizada estaba, tanto que se vio abocada a la llamada del palo. Del palo, ¿qué digo palo? Más bien falo. McTaffy, que si ya estaba empinado antes, se puso tieso del todo, gruñó, y poniendo una mano sobre la cabeza de doña Justa la invitó a meterse el palo/falo en la boca. Ella colocó la punta de la lengua en la cabeza del mismo, él tembló y, al hacerlo, ella se vio con permiso para engullirlo, se lo metió enterito en la boca. El temblor de McTaffy se intensificó, así que ella se quedó quieta, muy quietecita para que él tuviera tiempo de acostumbrarse a su calor y que después ella pudiera hacerle un gran trabajo. Los temblores fueron aflojando hasta desaparecer. En ese momento, Justa empezó a moverse de forma lenta y rítmica, arriba y abajo, los labios rodeando el falo pero sin apretarlo demasiado. Él la agarró del pelo y a eso ella contestó apretando un poco más. Sacó la punta de la lengua, la colocó sobre la uretra y la incorporó al baile. Al sentir a Justa subir y bajar por su pene, McTaffy se veía elevado a los cielos, electrizado, el vello de todo el cuerpo erizado como escarpias.

—Justa, Justa, aflojad, parad que me... —No le dio tiempo a añadir nada.

Doña Justa, la muy perra, hizo todo lo contrario; de aflojar, nada, aumentó el ritmo y la presión y el pobre McTaffy se derramó, se derramó irremisiblemente en su boca. Él aflojó el agarre en su pelo y con eso Justa aprovechó para liberarle, se sirvió un vasito del famoso brebaje, se lo trincó y luego, socarrona, soltó—: Mi estimado McTaffy, ¿cómo es qué ha ido tan rápido? —A la vez que rellenaba el vasito y se lo ofrecía.

—Vuecencia doña Justa, ¿es usted quien me lo pregunta? La dama de las mama...

—Ni se os ocurra decirlo —chistó ella, amenazante.

—Justa, Justa... — McTaffy fue a cogerle la cara para besarla, pero el sonido de pasos lo alertó y de un salto se colocó tras la mesa y se puso a hablar con doña Justa, como si tal cosa, en el galimatías ese que no alcanzaba a entender el Pequeño, que era quien había sido enviado para avisar que monseñor los esperaba para una audiencia tras la comida.

—Bien, Pequeño, avisa a la dama Beltrán. Dile que vaya a mis aposentos y me prepare lo necesario para el aseo. ¡Ah! Y primero búscame a la gobernanta. Necesito hablar con ella y gestionar la estancia de nuestros invitados. ¿Qué pasa, Pequeño? ¿A qué viene esa cara? —Claro estaba, doña Justa ni se veía, ni se le ocurrió pensar que iba algo descompuesta.

—Es que, es que... —El Pequeño miraba hacia el suelo sin atreverse a decir lo que debía. Doña Justa y la gobernanta eran hermanas de leche y a pesar de ser de estratos sociales muy distintos estaban muy unidas, y con el carácter que se gastaba, cualquiera le explicaba lo que había pasado.

—Haz el puñetero favor de contestar, que te he hecho una pregunta muy facilita. —Doña Justa se estaba impacientando y lo dijo levantando la voz.

Al Pequeño poco le gustaba que le gritaran, así que se armó de valor y...

—Pues es que no sé, no sé dónde está.

—¿Qué quieres decir? —Doña Justa estaba pasando del enfado a la preocupación—. Mira, no estoy para gaitas, así que sea lo que sea, desembucha.

—Es que salió corriendo de la cocina y la dama Beltrán salió tras ella.

Doña Justa, brazos en jarras, lo conminó a que continuara.

—¿Por qué salieron corriendo? —Al preguntarle lo cogió del mentón y lo miró a los ojos.

—Bueno, es que la gobernanta lloraba...

—Que ¿qué? —Para eso sí que no estaba preparada. Que la gobernanta llorara, y más en público, no era normal, nada, nada normal. Salió escopeteada hacia las cocinas, preguntó dónde estaba la gobernanta y ante la mirada de asombro y de no saber de los presentes, se dirigió a los aposentos del servicio y empezó a abrir puertas.

—Doña Justa, ¿qué sucede? —Era la dama Beltrán, que desde el fondo del pasillo la miraba a la espera de respuesta.

—¿Dónde está Fuensanta?

Fueron la una hacia la otra y, al juntarse, la dama le comentó a doña Justa que estaba ocupada, pero que estuviera tranquila. Con cara inquisitiva intentó recolocarle algo el tocado que estaba ligeramente ladeado y su pelo siempre liso y peinado hacia atrás estaba algo enmarañado y descolocado. A doña Justa se le escapó una pequeña sonrisa, pero enseguida volvió la cara de preocupación. La dama la cogió de la mano para sosegarla, le dijo que fueran al saloncillo y que se lo explicaría todo. Doña Justa y su dama tenían una relación muy estrecha y las tres unidas vivían aventuras siempre que sus obligaciones se lo permitieran. De hecho, la vida de doña Justa y la dama Beltrán era bien movida para la época, pocas mujeres viajaban por el mundo como lo hacían ellas, y la gobernanta era de la partida aunque solo fuera de corazón, ya que ella se debía al Parador y no podía salir de allí así como así. Pero volvamos al tema que nos incumbe.

—Mi señora, es que parece que nuestro secreto no era tan secreto, vamos que era un secreto a voces, y con el trajín de los gigantes...

Doña Justa interrumpió a Ximena, pues así se llamaba la dama, y entre ellas, eso sí, sin que saliera de allí, la llamaba por el nombre de pila.

—¿Gigantes? ¿De qué gigantes me hablas? —La cara de doña Justa era todo un cuadro.

—Pues de esos que la rodeaban y ese todavía más grande que la sostenía y vos, vos tan pequeña e indefensa entre sus brazos.

Doña Justa podía ser menuda pero indefensa, lo que se dice indefensa, no demasiado.

—Ximena, te creía un poco más lista. Puede que sean grandes, pero es que son hombres del norte, y allí son así. Es la comitiva que estábamos esperando —discurrió Justa.

—Pero si son hombres, ¿por qué llevan faldas?

—¿Y yo por qué llevo calzas para montar a caballo? —La pregunta era retórica por supuesto—. Ximena, parece mentira, con la de cosas que hemos visto por esos mundos de Dios. —Eso sonaba a amonestación.

—Es que, señora, estabais medio desmayada, no sabía qué os iban a hacer.

—Hacerme, lo que se dice hacerme, nada. —Doña Justa se estaba sonrojando y como quien no quiere la cosa y sin apenas darse cuenta, se había puesto a alisar sus faldones.

—Ay, señora, que vos ha...

—No me seas cotilla, que a eso no te gana nadie. —A Justa se le había pasado el enfado. No recordaba la encomienda de la tarde ni la desolación de la gobernanta. No tenía cabeza más que para lo que había pasado en las cuadras momentos atrás y en su ensoñación empezó a decir:

—Fue a bajarse del caballo y al pasar la pierna por encima del lomo y saltar al suelo pues la falda voló y eso... creí ver eso, suelto, libre, tal como Dios lo trajo al mundo y luego, no sé, no sé, pero al rato estaba sentada a la mesa y McTaffy se acercó...

La dama no sabía quién era McTaffy, pero poco importaba, lo que quería era que su señora siguiera contando.

—Se sentó sobre la mesa delante de mí, y al preguntarle yo si de verdad no llevaba nada debajo me instó a comprobarlo.

—¡Pero, señora! —adujo la dama con mal fingida sorna—. Y vos, como siempre tan dispuesta a cumplir órdenes, os pusisteis a ello sin demora.

—Ximena, no sabes lo grande y hermoso que es. Lo tuve en mi boca, lo degusté hasta estrujarle los sesos. Estoy deseando sentirlo dentro de mí. —Tras un suspiro ensoñador, doña Justa se acordó que estaba allí para saber de la gobernanta y así se lo dijo a la dama.

—Ah, sí, es que, como os decía, nuestro secreto es un secreto a voces, tanto que han hecho mofa de Santa delante de ella y esta se ha escapado corriendo de la cocina. Yo he hecho lo que he podido, pero don Blasco se ha enterado de lo que había pasado y ha aparecido hecho un energúmeno, ella se ha puesto a llorar a moco tendido y él la ha acogido entre sus brazos, así que yo me he esfumado.

—¿Puedo estar tranquila, pues, de que estará bien cuidada? —quiso saber Justa.

—Señora, cuidada os aseguro yo que sí, que a fe que si llora ahora será por otra cosa...

—Ximena, no me enredes, ¿por qué iba a llorar estando con ella don Blasco?

—¡De placer, mujer, llorará de placer! —Y se echó a reír ante la cara de pasmo de doña Justa.

—¿Mi Santa? ¿Mi Fuensanta?

—Venga ya, Justa, vos no sois precisamente santa, véase el gigantón...

—Ya, ya, pero ¿quieres decir que ellos han consumado?

—Consumar, consumar, no os lo puedo asegurar pero mi nariz me dice que... —Y al soltarlo, Ximena se toqueteó la punta de la napia.

—Ya, ya, no sigas. De todos modos voy a asegurarme de que todo está bien. —Y salió en dirección a los aposentos personales de Fuensanta. Al llegar a la antesala y no recibir respuesta a su llamada, abrió y volvió a cerrar la puerta de la habitación y se quedó petrificada. Se quedó pensativa, como si lo que acababa de ver no pudiera ser, y no terminándoselo de creer volvió a abrir.

Don Blasco, al pie de la cama con los calzones bajados, enculaba a la gobernanta, que tenía la cabeza escondida entre las almohadas. Doña Justa se quedó mirando mientras ellos, ajenos a la señora, seguían con lo suyo. Tanto es así que tras varios meneos que se volvieron cada vez más rápidos y frenéticos, don Blasco se corrió y se dejó caer en el jergón al lado de la gobernanta, quien levantando la cara lo miró y besándolo le llevó una mano hacia sus partes pudendas. Él se había derramado, pero por lo visto ella también quería su ración de placer.

Allí sí que doña Justa reaccionó, se dio cuenta de lo que estaba haciendo y procurando hacer el mínimo ruido posible ajustó la puerta y se volvió por donde había venido. De vuelta a la sala se dejó caer en el asiento más cercano y la dama que se había quedado allí haciendo encaje de bolillos, por aquella época encaje de mallas o palillos, la miraba a la espera de que esta dijera algo. No era que doña Justa fuera el recato personificado, pero lo cierto era que no se hubiera imaginado que la dama fuera medio descarriada. Bueno, de medio nada, si acaso descarriada y media.

«Tengo que probarlo, esto de que te cojan por detrás tengo que probarlo».

—Señora, señora, ¿a qué viene tal ensoñación? Eh, que estoy aquí —parloteó Ximena, tratando de llamar su atención.

Doña Justa la miró, pero habló como sin hablar.

—Sí, tengo que probar, definitivamente, tengo que probarlo.

—¿El qué señora, qué tenéis que probar? —La dama dejó su labor de lado y se acercó a doña Justa para ponerse frente a ella.

Al tenerla delante, Justa se centró y le comentó:

—Yo sabía que no es casta y pura, pero tampoco pensé que fuera tan, tan, no sé cómo decirlo..., tan, tan abierta.

—Ya, ¿tan abierta? —Abiertos como platos tenía los ojos la dama. Al verle la cara, doña Justa estalló en sonora carcajada y la dama hizo lo propio. Era visto que su Santa no resultó ser tan santa, pero tenían que prepararse para la reunión con monseñor y tuvieron que dejar el tema para más adelante y prescindir también de los servicios de la gobernanta.

Ximena preparó el aseo para su señora mientras esta se desvestía, y como iban muy justas de tiempo, doña Justa se lavó sola y su dama le preparó la ropa de recambio. En cuanto estuvo lista, fueron hacia la sala Nonna donde debía tener lugar la reunión. Al llegar encontraron a McTaffy, a monseñor y al senescal enfrascados en animada conversación. Mientras la dama se retiraba, doña Justa carraspeó para llamar la atención de los presentes. En cuanto la oyeron, se dispusieron todos alrededor de la mesa y se pusieron al trabajo, que empezaban con retraso.

—Bien, ¿de cuántos hombres disponemos? —Monseñor se dirigía a McTaffy.

—He confirmado el apoyo del clan McStuart.

—Como saben, su majestad ha dado órdenes concretas de disponibilidad de la Armada y el convento de Briones está preparado para recibir a María en cuanto sea rescatada. —Ese era el senescal, que representando la corona, hablaba en nombre de Felipe II.

—Sí, en efecto, su señoría, está todo listo y dispuesto. Se ha obrado con total discreción, tal como ordenasteis. He llegado esta misma mañana de allí y la vida del convento sigue como si tal cosa para no llamar la atención, pero tenemos guardas infiltrados y un séquito en alerta para cuando sea necesaria su intervención.

—Bien, gracias, doña Justa. Monseñor, recuerde que la devoción de María requiere de disponibilidad total de la capilla —comentó el senescal.

—Se han dado las órdenes pertinentes y tendrá un capellán a disposición a todas horas —aseguró monseñor para proseguir con —: Señores, recuerden que esto no es por interés de su majestad, ni de la corona, sino por la gloria de Dios y por el bien de la religión católica. No podemos, de ninguna manera, permitir que siga en el trono de Inglaterra esa hereje protestante.

La reunión siguió hasta la caída de la tarde. Trataron cuestiones estratégicas sobre cómo y cuándo se llevaría a cabo la liberación de María, de quiénes accederían al castillo donde la tenían prisionera y en qué buque viajaría.

Al término de la misma les sirvieron un frugal tentempié y después el senescal y monseñor fueron a ver a su majestad para reportar los resultados de la reunión. Doña Justa y McTaffy, con la excusa de cerrar algunos puntos de la misión, se quedaron charlando.

—Justa, me ha llegado que ha pasado algo con Fuensanta y que ha escapado llorando de las cocinas —habló McTaffy.

Con eso, Justa recordó lo que había visto sobre la hora nona y se inclinó para susurrarle a él al oído:

—Señor, vos que sois hombre de mundo e intuyo que dispuesto a complacerme...

—Pero, mi señora, por supuesto, no dudéis de ello —la interrumpió el escocés.

—En tal caso, voy a mi alcoba. Os espero allí y así podré explicaros de lo que se trata.

—¿A vuestra alcoba, mi señora? —cuestionó McTaffy con cierta sorna.

—Si así os place... —Doña Justa marchó, divertida.

—Me place, me place. —Al decirlo, él se sirvió un aguardiente que se pispó de un solo trago y se dispuso a salir tras doña Justa y a complacerla lo antes posible. Los deseos de la señora eran órdenes para él.

Doña Justa no llamó a su dama para que la atendiera y ella misma abrió el lecho. Se disponía a soltarse el corsé cuando oyó una sutil llamada a la puerta. Acudió, la abrió y dejó pasar a McTaffy, quien entró y casi sin esperar a que ella cerrara la cogió entre sus brazos y de una sentada la colocó encima de la cama.

—Señor, ¿cómo osáis alzarme en volandas y llevarme de esta guisa? —Doña Justa lo decía de forma jocosa, pero McTaffy no la dejó seguir, le invadió la boca con su lengua y al hacerlo fue empujando a Justa hasta recostarla sobre la cama y quedar él a cuatro patas encima de ella.

—¿Qué desea pues mi señora? ¿En qué puedo complaceros? —Mientras él así hablaba, Justa tomaba posesión de sus partes, dejándolo mudo y atónito. No estaba acostumbrado a que una mujer fuera tan activa en las lides del amor, pero sus manos estaban tan calentitas y eran tan suaves... Habían ido directamente al mogollón y como no había tela alguna entre sus pieles, ella lo estaba poniendo palo, palo.

A Justa le hacía gracia la cara de sufrimiento que ponía McTaffy, así que aflojó algo la presión sobre el falo y despacito, despacito, empezó a acariciarlo de arriba abajo. Él, para intentar llevarlo algo mejor y no derramarse antes de tiempo, agachó la cabeza y la recostó a un lado de la de doña Justa. Al tener su oído tan cerca, ella aprovechó para susurrarle:

—Complacedme por detrás, mi buen McTaffy.

Eso fue la guinda del pastel, si antes estaba tieso ya, con eso se puso tan rígido que no quiso esperar, se incorporó, giró a Justa, la puso a cuatro patas y la enculó.

Jamás había sentido algo así, Justa no sabía si era dolor o placer, no era capaz de discernir si realmente le gustaba o la asqueaba. Bueno, eso fue hasta sentir la mano de McTaffy sobre su concha, quien acompasó las caricias sobre la misma a sus movimientos dentro de ella. Justa se rindió al placer y se dejó llevar por la ola de calor que la invadía. Él se recostó sobre su espalda para penetrarla mejor y meter un dedo dentro de su canal mientras seguía restregando la mano contra su pubis. De repente, se quedó muy quieto dentro de ella, necesitaba tomar aliento para aguantar, para no correrse y poder darle algo más de placer. Poco a poco, empezó de nuevo a moverse, muy despacio, adelante y atrás, hasta casi salirse. Dejando solo el prepucio al calor de su canal, paró para volver a entrar despacio, muy despacito, y enterrarse en lo más profundo de ella y hacer lo propio con el índice. Justa se impacientaba, empezó a mover las caderas como para atraparlo y estrujarlo pero él la placó y le susurró mientras hacía más intenso y rápido el masaje manual:

—Tenéis, mi señora, un conejo chiquitito y juguetón. —Y le mordió el lóbulo de la oreja.

Ella no lo soportó más y se dejó llevar por el orgasmo, que le sacudió hasta los tuétanos. McTaffy fue agredido por los espasmos de ella y él también se derramó larga y violentamente. Le entró flojera en las piernas, y al quedarse flácido se salió de ella y le liberó el conejo donde había dejado enterrado su dedo para disfrutar de los últimos golpes de ella y que sintiera su calor.

McTaffy, rojo y sofocado, alzó dulcemente a doña Justa, que había quedado rendida boca abajo sobre el lecho, la giró para encararla, la besó tiernamente y se recostó a su lado, y sin venir a cuento comentó:

—Es curioso cómo hasta los reyes se enamoran de quien no conocen y son capaces de poner en jaque su propio reino.

—Pues bien hermosa que es María, harían una bonita pareja. ¿Os imagináis además lo que supondría unir las dos coronas?

Doña Justa se alzó sobre los codos para seguir hablando, pero McTaffy la agarró del cuello y se la acercó a la boca:

—¿No habéis tenido bastante, mi señora? ¿No ha sido este hombretón del norte capaz de complaceros, mi dama? —Al decirlo, notaba cómo su flacidez se convertía de nuevo en tiesa rigidez y le guio una mano hacia ella a doña Justa.

Esta olvidó inmediatamente reyes y misiones, le levantó a McTaffy el *kilt*, hizo lo propio con sus faldas y se subió a horcajadas sobre el hermoso y tieso falo de McTaffy, se empaló y lo cabalgó con desenfreno, hasta que lo estrujó tanto que se desparramó irremisiblemente.

—Mala, sois mala, mala, mala, realmente mala —comentó McTaffy, soñoliento y derrotado. De placer, pero derrotado.

Doña Justa se volvió a tumbar y, cogidos de la mano, atravesados sobre la cama, se dejaron vencer por el sueño.

Poco sabían en ese momento que su misión por liberar a María Estuardo, reina de Escocia, no funcionaría. No solo no la liberarían, sino que Isabel I, reina de Inglaterra, la haría decapitar y la Armada Invencible respondería con el ataque a Inglaterra dentro del contexto de la guerra anglo-española entre 1585 y 1604.

<u>OTROS TÍTULOS DE LA AUTORA</u>

KAMA SUTRA EN 24 PASOS
Helena Acosta

<u>OTROS TÍTULOS DE LA EDITORIAL</u>

NO ME DEJES SER TU HÉROE
Andrea Acosta

**COLECCIÓN FOODIES 1
PANNA COTTA**
Andrea Acosta

<u>ESPECIAL RELATOS</u>

UNA NAVIDAD CON ACOSTA ARS
Andrea y Helena Acosta

ES TIEMPO DE *HALLOWEEN*
Chicas Acosta

ACOSTA ars

acostaars@outlook.es
www.tiendaoficialacostaars.esy.es

 www.facebook.com/ACOSTAarsEditorial

 @AcostaArs

 @acostaarseditorial

 Canal ACOSTA ars

 www.acostaskitchen.com